U0094061

哈福

哈福

印尼人^{單字篇}
輕鬆學中文

─ 中印對照 迷你辭典 ─
中文・印尼文・注音符號對照

附 公民入籍口試題型&參考題庫

附QR碼線上音檔
行動學習・即刷即聽

施明威 ◎編著

前言

印尼人
輕鬆開口說中文

國內有很多印尼家事服務、監護工、印勞，也有不少印尼女孩嫁到台灣來，面臨語言、文化、生活適應、子女教育、國籍歸化、工作等難題。她們對台灣的社會、文化認知不清，首先遇到的問題就是語言，造成溝通不良及生活適應上的困難。這些印尼新住民同時還有教養下一代的重責大任，其子女多數有語言發展遲緩、學習及同儕相處障礙等問題，亟待大家重視和關心。

孩子的教育不能重來，如果母親看不懂中文，沒有基礎中文溝通能力，甚至看不懂奶粉罐的說明，也沒辦法帶子女打預防針、指導功課、簽聯絡簿等，家庭教育不足，對子女的成長極不利，這些台灣之子也攸關台灣未來發展。印尼新住民具備一定的語文能力，才能衝過文化隔閡，有就業機會，改善家中的經濟環境。因此外籍新娘的中文教育問題，可說刻不容緩。

為幫助印尼新住民能適應台灣生活，融入本地文化，內政部擬修正國籍法等相關法規，印尼新住民在取得國籍及居留證前，需先接受語文能力、法治素養、文化認同等基本能力檢測，類似美國要求入籍前要經過入籍面試。

　　學好語文的關鍵就在字彙，本書特為印尼新娘及印尼人編著，從國語注音符號學起，精心收集2000使用頻率最高的單字，採中文、注音符號、印尼語、中文拼音對照，依據情境、分類編排，快速掌握必備單字，很快的中文會話也能琅琅上口。

　　附「公民入籍考試參考題庫」，精選入籍口試題型，仿外國人入美國籍的測驗設計，是印尼新住民的最佳參考，考前模擬練習，輕鬆通過語文檢定考，順利成為本國國民。

　　為加強學習效果，最好能搭配本書的精質線上MP3，學習純正道地的中文，有助你掌握實際的發音技巧，加強聽說能力。線上MP3內容為中印對照，中文唸兩遍、印尼語唸一遍，請讀者注意錄音老師的唸法，跟著老師的發音覆誦練習，才能講出最標準的發音，反覆練習，自然說出一口流利中文。

本書特色～

全國第一本 印尼人自學中文速成單字書

學好中文的法寶

中文、注音符號、印尼語、拼音對照，輕鬆開口說中文。

家有印尼家事服務也適用

幫助府上的印尼家事服務、看護、監護工、勞工，打好中文的基礎，快速溝通有一套。

CONTENTS

PART 1 常用語篇

kata yang sering dipergunakan

嘎搭 養 斯使另 低撥故那敢

PART 2 大自然篇

alami 阿拉咪

CONTENTS

PART 3　問候篇

menanyakan kabar 摸那娘感 嘎巴

PART 4　家庭篇

keluarga 個路阿嘎

CONTENTS

PART 5 購物篇
belanja 撥蘭扎

PART 6 美食篇
makanan 媽嘎難

CONTENTS

CONTENTS

CONTENTS

外籍新住民生活適應輔導單位			
縣市別	主辦單位	地址	電話
臺北市	民政局	臺北市市府路 1 號 9 樓	02-2720-8889
新北市	民政局	板橋市中山路一段 161 號	02-29603456 轉 8007
桃園市	民政局	桃園市桃園區縣府路 1 號	03-3322101
宜蘭縣	民政局	宜蘭市縣政北路 1 號	03-9251000
新竹市	民政局	新竹市中正路 120 號	03-5216120
新竹縣	民政局	竹北市光明六路 10 號	03-5518101
苗栗縣	民政局	苗栗縣苗栗市府前路 1 號	03-7364220
臺中市	民政局	臺中市西屯區臺灣大道三段 99 號	04-2228-9111
彰化縣	民政局	彰化市中山路二段 416 號 7 樓	04-7222151
南投縣	民政局	南投市復興路一街 19 號	049-2243977
雲林縣	民政局	斗六市中華路 213 號	05-5378230
嘉義縣	民政局	太保市祥和一路東段 1 號	05-3620123
臺南市	民政局	台南市安平區永華路二段 6 號 8 樓	06-2991111
高雄市	民政局	高雄市鳳山區光復路二段 132 號	07- 7995678
屏東縣	民政局	屏東市自由路 527 號	08-7324147
臺東縣	民政局	臺東市中山路 276 號	08-9322084
花蓮縣	民政局	花蓮市府後路 6 號	03-8232047
澎湖縣	民政局	馬公市治平路 32 號	06-9267913
基隆市	民政局	基隆市中正區中正路 236 號 4 樓	02-24201122
新竹市	民政局	新竹市中正路 120 號	03-5216120
嘉義市	民政局	嘉義市吳鳳南路 32 巷 23 號	05-2254905
金門縣	民政局	金城鎮民生路 60 號	082-318823
連江縣	民政局	南竿鄉介壽村 76 號	0836-22485

備註：如果想要更詳細的資料，可上 google 網站查詢

基礎中文篇

國語注音符號
第一式＆第二式對照表

MP3-2

	國語注音符號第一式	國語注音符號第二式
聲母		
唇　音	ㄅ（博）　波（潑）　ㄇ（莫） ㄈ（佛）	b p m f
舌尖音	ㄉ（德）　ㄊ（特）　ㄋ（訥） ㄌ（肋）	d t n l
舌根音	ㄍ（格）　ㄎ（客）　ㄏ（赫）	g k h
舌面音	ㄐ（基）　ㄑ（欺）　ㄒ（希）	j(i) ch(i) sh(i)
翹舌音	ㄓ（知）　ㄔ（痴）　ㄕ（詩） ㄖ（日）	j ch sh r
舌齒音	ㄗ（資）　ㄘ（雌）　ㄙ（思）	tz ts s
韻母		
單韻一	（帀）	r,z
單韻二	一（衣）　ㄨ（烏）　ㄩ（迂）	i, yi, y- u, wu, w- iu, yu
單韻三	ㄚ（啊）　喔（喔）　ㄜ（鵝） 耶（葉）	a o e e
複　韻	ㄞ（哀）　ㄟ（誰）　ㄠ（熬） ㄡ（歐）	ai ei au ou
聲隨韻	ㄢ（安）　恩（恩）　ㄤ（昂） 恩（哼）	an en ang eng
捲舌韻	ㄦ（兒）	er

11

結合韻母（前有聲母時用）		
	國語注音符號第一式	國語注音符號第二式
齊齒呼	一Y（壓）　一喔（唷）　一耶（爺）	ia io ie
	一ㄞ（崖）　一ㄠ（邀）　一又（幽）	iai iau iou
	一ㄢ（煙）　一恩（因）　一ㄤ（央） 一恩（應）	ian in iang ing
合口呼	ㄨY（挖）　ㄨ喔（窩）　ㄨㄞ（歪） ㄨㄟ（威）	ua uo uai uei
	ㄨㄢ（灣）　ㄨ恩（溫）　ㄨㄤ（汪） ㄨ恩（翁）	uan uen uang ung
撮口呼	ㄩ耶（約）　ㄩㄢ（冤）　ㄩ恩（暈） ㄩ恩（擁）	iue iuan iun iung

	聲調				
	聲調	符號	例字	符號	例字
1	陰平聲	（不加）	媽	ˉ	衣
2	陽平聲	ˊ	麻	ˊ	移
3	上聲	ˇ	馬	ˇ	椅
4	去聲	ˋ	罵	ˋ	意
5	輕聲	˙		（不加）	

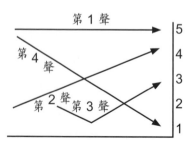

常ㄔㄤˊ用ㄩㄥˋ語ㄩˇ篇ㄆㄧㄢ

kata yang sering dipergunakan

嘎搭 樣 斯另 地撥故那敢

1 數_{ㄕㄨˋ}字_{ㄗˋ}

angka

骯嘎

MP3-3

中文 & 注音符號	印尼文 & 拼音
一 _ㄧ	satu 沙度
二 _{ㄦˋ}	dua 都阿
三 _{ㄙㄢ}	tiga 地嘎
四 _{ㄙˋ}	empat 恩巴
五 _{ㄨˇ}	lima 里媽
六 _{ㄌㄧㄡˋ}	enam 喔南
七 _{ㄑㄧ}	tujuh 都朱
八 _{ㄅㄚ}	delapan 的拉半

中文＆注音符號	印尼文＆拼音
九ㄐㄧㄡˇ	sembilan 身比爛
十ㄕˊ	sepuluh 使不路
二ㄦˋ十ㄕˊ	dua puluh 都阿 不路
三ㄙㄢ十ㄕˊ	tiga puluh 地嘎 不路
四ㄙˋ十ㄕˊ	empat puluh 恩巴 不路
五ㄨˇ十ㄕˊ	lima puluh 里媽 不路
六ㄌㄧㄡˋ十ㄕˊ	enam puluh 喔南 不路
七ㄑㄧ十ㄕˊ	tujuh puluh 都朱 不路
八ㄅㄚ十ㄕˊ	delapan puluh 的拉半 不路

中文 & 注音符號	印尼文 & 拼音
九十 ㄐㄧㄡˇ ㄕˊ	sembilan puluh 身比爛 不路
一百 ㄅㄞˇ	seratus 使拉都斯
一千 ㄑㄧㄢ	seribu 使里不
一萬 ㄨㄢˋ	sepuluh ribu 使不路 里不
千萬 ㄑㄧㄢ ㄨㄢˋ	sepuluh juta 使不路 朱搭
百萬 ㄅㄞˇ ㄨㄢˋ	satu juta 沙度 朱搭
億 ㄧˋ	milyar 迷里亞

2

數ㄕㄨˋ量ㄌㄧㄤˋ詞ㄘˊ

kata satuan

嘎搭 殺都暗

MP3-4

中文 & 注音符號	印尼文 & 拼音
一ㄧˋ枝ㄓ筆ㄅㄧˇ	sebatang pensil 使巴當 本西
一ㄧˋ支ㄓ牙ㄧㄚˊ刷ㄕㄨㄚ	sebuah sikat gigi 使不阿 西嘎 哥衣 哥衣
一ㄧˋ張ㄓㄤ紙ㄓˇ	selembar kertas 使冷巴 個搭斯
一ㄧˋ張ㄓㄤ桌ㄓㄨㄛ子ㄗ	sebuah meja 使不阿 摸扎
一ㄧˋ本ㄅㄣˇ書ㄕㄨ	sebuah buku 使不阿 不故
一ㄧˋ本ㄅㄣˇ筆ㄅㄧˇ記ㄐㄧˋ本ㄅㄣˇ	sebuah buku catatan 使不阿 不故 扎搭但
一ㄧˋ雙ㄕㄨㄤ鞋ㄒㄧㄝˊ子ㄗ	sepasang sepatu 使巴上 使巴都

中文 & 注音符號	印尼文 & 拼音
一雙襪子	sepasang kaus kaki 使巴上 嘎午斯 嘎哥衣
一個杯子	sebuah gelas 使不阿 個拉斯
一只雞蛋	sebutir telur ayam 使不底 得路 阿煙
一個蘋果	sebuah apel 使不阿 阿撥
一串香蕉	satu sisir pisang 沙度 西西 比上
一匹馬	seekor kuda 使喔鍋 故搭
一條魚	seekor ikan 使喔鍋 衣敢
一頭狗	seekor anjing 使喔鍋 安靜
一隻鳥	seekor burung 使喔鍋 不龍

3

節慶ㄐㄧㄝˊㄑㄧㄥˋ
peringatan
撥令阿但

MP3-5

中文 & 注音符號	印尼文 & 拼音
元旦ㄩㄢˊㄉㄢˋ （ 1 月ㄩㄝˋ 1 日ㄖˋ ）	tahun baru (tanggal satu Januari) 搭午恩 巴路（當嘎 沙度 扎怒 阿里）
新年ㄒㄧㄣㄋㄧㄢˊ （ 陰曆ㄧㄣㄌㄧˋ ）	tahun baru imlek(penanggalan cina) 搭午恩 巴路 印勒（撥難嘎爛 機那）
情人節ㄑㄧㄥˊㄖㄣˊㄐㄧㄝˊ （ 2 月ㄩㄝˋ 14 日ㄖˋ ）	hari kasih sayang (tanggal 14 Februari) 哈里 嘎西 沙樣（當嘎 恩巴 撥拉斯 喝不阿里）
婦女節ㄈㄨˋㄋㄩˇㄐㄧㄝˊ （ 3 月ㄩㄝˋ 8 日ㄖˋ ）	hari wanita(tanggal 8 Maret) 哈里 哇尼搭（當嘎 的拉半 媽 勒）

中文 & 注音符號	印尼文 & 拼音
潑水節 （3、4月間）	hari siram air(antara bulan tiga dan empat) 哈里 西爛 阿衣（安搭拉 不爛 底嘎 但 恩巴）
佛誕節 （4、5月間）	hari waisak(antara bulan empat dan lima) 哈里 外殺（安搭拉 不爛 恩巴 但 里媽）
勞工節 （5月1日）	hari buruh (tanggal satu Mei) 哈里 不路（當嘎 沙度 梅）
母親節 （5月的第二個禮拜）	hari ibu (minggu kedua pada bulan Mei) 哈里 衣不（民故 個度阿 巴搭 不爛 梅）
父親節 （8月8日）	hari bapak (tanggal delapan Agustus) 哈里 巴爸（當嘎 得拉半 阿故 斯度斯）
聖誕節 （12月25日）	hari natal (tanggal dua puluh lima Desember) 哈里 那答（當嘎 都阿 不路 里 媽 得身撥）

4

國⟨ㄍㄨㄛ⟩家⟨ㄐㄧㄚ⟩

negara

呢嘎拉

MP3-6

中文 & 注音符號	印尼文 & 拼音
台⟨ㄊㄞ⟩灣⟨ㄨㄢ⟩	Taiwan 代灣
印⟨ㄧㄣ⟩尼⟨ㄋㄧ⟩	Indonesia 印多呢西亞
泰⟨ㄊㄞ⟩國⟨ㄍㄨㄛ⟩	Thailand 代爛
越⟨ㄩㄝ⟩南⟨ㄋㄢ⟩	Vietnam 非衣喔難
馬⟨ㄇㄚ⟩來⟨ㄌㄞ⟩西⟨ㄒㄧ⟩亞⟨ㄧㄚ⟩	Malaysia 媽來西亞
新⟨ㄒㄧㄣ⟩加⟨ㄐㄧㄚ⟩坡⟨ㄆㄛ⟩	Singapura 新嘎不拉
緬⟨ㄇㄧㄢ⟩甸⟨ㄉㄧㄢ⟩	Myanmar 民阿媽

中文 & 注音符號	印尼文 & 拼音
中國ㄓㄨㄥㄍㄨㄛˊ	Cina 機那
日本ㄖˋㄅㄣˇ	Jepang 之邦
韓國ㄏㄢˊㄍㄨㄛˊ	Korea 鍋勒亞
香港ㄒㄧㄤㄍㄤˇ	Hongkong 洪共
澳門ㄠˋㄇㄣˊ	Macau 媽高
印度ㄧㄣˋㄉㄨˋ	India 印地亞
美國ㄇㄟˇㄍㄨㄛˊ	Amerika 阿摸里嘎
加拿大ㄐㄧㄚㄋㄚˊㄉㄚˋ	Canada 嘎那搭
德國ㄉㄜˊㄍㄨㄛˊ	Jerman 遮慢

中文 & 注音符號	印尼文 & 拼音
法(ㄈㄚˇ)國(ㄍㄨㄛˊ)	Prancis 撥爛機斯
西(ㄒㄧ)班(ㄅㄢ)牙(ㄧㄚˊ)	Spanyol 使巴尼喔
葡(ㄆㄨˊ)萄(ㄊㄠˊ)牙(ㄧㄚˊ)	Portugal 播都嘎
義(ㄧˋ)大(ㄉㄚˋ)利(ㄌㄧˋ)	Itali 意大利
瑞(ㄖㄨㄟˋ)士(ㄕˋ)	Swiss 使午衣斯
荷(ㄏㄜˊ)蘭(ㄌㄢˊ)	Belanda 撥爛搭
比(ㄅㄧˇ)利(ㄌㄧˋ)時(ㄕˊ)	Belgia 撥哥衣阿
瑞(ㄖㄨㄟˋ)典(ㄉㄧㄢˇ)	Sweden 使午喔等

中文 & 注音符號	印尼文 & 拼音
丹ㄉㄢ麥ㄇㄞˋ	Denmark 等媽
蘇ㄙㄨ俄ㄜˊ	Rusia 嚕西阿
澳ㄠˋ洲ㄓㄡ	Australia 阿午斯搭里亞
巴ㄅㄚ西ㄒㄧ	Brazil 巴機
墨ㄇㄛˋ西ㄒㄧ哥ㄍㄜ	Meksiko 摸西鍋

5

疑ˊ問ㄨㄣˋ詞ˊ

kata tanya

嘎搭 搭娘

MP3-7

中文 & 注音符號	印尼文 & 拼音
什ㄕㄜˊ麼˙？	Apa? 阿巴
為ㄨㄟˋ什ㄕㄜˊ麼˙？	Kenapa? 個那巴
怎ㄗㄣˇ樣ㄧㄤˋ？	Bagaimana? 巴該媽那
哪ㄋㄚˇ一ㄧ個ㄍㄜˋ？	Yang mana? 樣 媽那
哪ㄋㄚˇ一ㄧ位ㄨㄟˋ？	Siapa? 西阿巴
什ㄕㄜˊ麼˙時ㄕˊ候ㄏㄡˋ？	Kapan? 嘎半
幾ㄐㄧˇ點ㄉㄧㄢˇ鐘ㄓㄨㄥ？	Jam berapa? 站 撥拉巴

中文 & 注音符號	印尼文 & 拼音
在哪裡？	Dimana? 底媽那
哪些？	Yang mana saja? 樣 媽那 沙扎
多少？	Berapa? 撥拉巴
多少個？	Berapa banyak? 撥拉巴 巴娘
多少錢？	Berapa duit? 撥拉巴 都意
要不要？	Mau atau tidak mau? 媽午 阿到 底搭 媽午
想不想？	Pingin atau tidak? 兵印 阿到 底搭
好不好？	Baik atau tidak? 巴意 阿到 底搭
多遠？	Berapa jauh? 撥拉巴 扎午
多久？	Berapa lama? 撥拉巴 拉媽

中文 & 注音符號	印尼文 & 拼音
這是什麼？	Ini apa? 衣尼 阿巴
那是什麼？	Itu apa? 衣度 阿巴
哪個車站？	Halte yang mana? 哈得 樣 媽那
第幾月台？	Terminal ke berapa? 得迷那 個 撥拉巴
這個	ini 衣尼
這裡	disini 底西尼
這些	ini semua 衣尼 使母阿
那些	itu semua 衣度 使母阿
那個	itu 衣度
那裡	disana 底沙那

6

行動（ㄒㄧㄥ ㄉㄨㄥ）

gerakan
個辣乾

中文 & 注音符號	印尼文 & 拼音
出去（ㄔㄨ ㄑㄩ）	keluar 個路阿
回來（ㄏㄨㄟ ㄌㄞ）	pulang 不浪
吃飯（ㄔ ㄈㄢ）	makan 媽敢
吃早餐（ㄔ ㄗㄠ ㄘㄢ）	sarapan pagi 沙拉半 趴哥衣
吃午餐（ㄔ ㄨ ㄘㄢ）	makan siang 媽敢 西骯
吃晚餐（ㄔ ㄨㄢ ㄘㄢ）	makan malam 媽敢 媽爛
吃點心（ㄔ ㄉㄧㄢ ㄒㄧㄣ）	makan makanan ringan 媽敢 媽嘎難 令安

中文 & 注音符號	印尼文 & 拼音
喝（ㄏㄜ）水（ㄕㄨㄟ）	minum air 迷弄 阿衣
烹（ㄆㄥ）飪（ㄖㄣ）	masakan 媽殺幹
買（ㄇㄞ）菜（ㄘㄞ）	beli sayur 撥里 沙優
洗（ㄒㄧ）菜（ㄘㄞ）	cuci sayur 朱機 沙優
帶（ㄉㄞ）小（ㄒㄧㄠ）孩（ㄏㄞ）	menjaga anak kecil 們扎嘎 阿那 個機
睡（ㄕㄨㄟ）覺（ㄐㄩㄝ）	tidur 底度
休（ㄒㄧㄡ）息（ㄒㄧ）	istirahat 衣斯底拉哈
散（ㄙㄢ）步（ㄅㄨ）	jalan-jalan 扎爛 - 扎爛
旅（ㄌㄩ）遊（ㄧㄡ）	wisata 午衣沙搭

中文 & 注音符號	印尼文 & 拼音
度（ㄉㄨ）假（ㄐㄧㄚˋ）	liburan 里不爛
坐（ㄗㄨㄛˋ）下（ㄒㄧㄚˋ）	duduk 都度
站（ㄓㄢˋ）立（ㄌㄧˋ）	berdiri 撥底里
穿（ㄔㄨㄢ）戴（ㄉㄞˋ）	memakai 摸媽該
開（ㄎㄞ）門（ㄇㄣˊ）	buka pintu 不嘎 兵度
關（ㄍㄨㄢ）門（ㄇㄣˊ）	tutup pintu 都度 兵度
上（ㄕㄤˋ）樓（ㄌㄡˊ）	naik tangga 那衣 當嘎

中文 & 注音符號	印尼文 & 拼音
下（ㄒㄧㄚˋ）樓（ㄌㄡˊ）	turun tangga 都論 當嘎
開（ㄎㄞ）車（ㄔㄜ）	mengendarai mobil 孟恩搭拉衣 模比
騎（ㄑㄧˊ）車（ㄔㄜ） （腳（ㄐㄧㄠˇ）踏（ㄊㄚˋ）車（ㄔㄜ））	mengendarai(sepeda) 孟恩搭拉衣（使撥搭）
工（ㄍㄨㄥ）作（ㄗㄨㄛˋ）	pekerjaan 撥個扎安
製（ㄓˋ）做（ㄗㄨㄛˋ）	memproduksi 們播度西
種（ㄓㄨㄥˇ）植（ㄓˊ）	menanam 摸那難
販（ㄈㄢˋ）賣（ㄇㄞˋ）	menjual 們朱阿
購（ㄍㄡˋ）物（ㄨˋ）	belanja 撥爛扎

中文 & 注音符號	印尼文 & 拼音
交換 ㄐㄧㄠ ㄏㄨㄢˋ	tukar 都嘎
借用 ㄐㄧㄝˋ ㄩㄥˋ	pinjam 兵沾
上學 ㄕㄤˋ ㄒㄩㄝˊ	ke sekolah 個 使鍋拉
閱讀 ㄩㄝˋ ㄉㄨˊ	membaca 們巴扎
寫字 ㄒㄧㄝˇ ㄗˋ	menulis 摸怒里斯
做功課 ㄗㄨㄛˋ ㄍㄨㄥ ㄎㄜˋ	mengerjakan tugas 孟喔扎敢 都嘎斯
說話 ㄕㄨㄛ ㄏㄨㄚˋ	berbicara 撥比扎拉
會面 ㄏㄨㄟˋ ㄇㄧㄢˋ	bertemu 撥得母

PART 2

大自然篇

alami

阿拉咪

1

時ㄕˊ間ㄐㄧㄢ

waktu

哇度

中文 & 注音符號	印尼文 & 拼音
一ㄧˋ點ㄉㄧㄢˇ	jam satu 沾 沙度
兩ㄌㄧㄤˇ點ㄉㄧㄢˇ	jam dua 沾 都阿
三ㄙㄢ點ㄉㄧㄢˇ	jam tiga 沾 低嘎
四ㄙˋ點ㄉㄧㄢˇ	jam empat 沾 恩趴
五ㄨˇ點ㄉㄧㄢˇ	jam lima 沾 哩媽
六ㄌㄧㄡˋ點ㄉㄧㄢˇ	jam enam 沾 喔難
七ㄑㄧ點ㄉㄧㄢˇ	jam tujuh 沾 都珠

中文 & 注音符號	印尼文 & 拼音
八ㄅㄚ點ㄉㄧㄢ	jam delapan 沾 的拉半
九ㄐㄧㄡ點ㄉㄧㄢ	jam sembilan 沾 身必爛
十ㄕ點ㄉㄧㄢ	jam sepuluh 沾 失不路
十ㄕ一ㄧ點ㄉㄧㄢ	jam sebelas 沾 失撥拉斯
十ㄕ二ㄦ點ㄉㄧㄢ	jam dua belas 沾 都阿 撥拉斯
十ㄕ點ㄉㄧㄢ半ㄅㄢ	jam setengah sebelas 沾 失等阿 失撥拉斯
六ㄌㄧㄡ點ㄉㄧㄢ十ㄕ五ㄨ分ㄈㄣ	jam enam lewat lima belas menit 沾 喔難 了哇 哩媽 撥拉斯 摸匡
一ㄧ個ㄍㄜ小ㄒㄧㄠ時ㄕ	satu jam 沙度 沾
半ㄅㄢ個ㄍㄜ小ㄒㄧㄠ時ㄕ	setengah jam 使等阿 沾

中文 & 注音符號	印尼文 & 拼音
五ㄨˇ分ㄈㄣ鐘ㄓㄨㄥ	lima menit 里媽 摸尼
十ㄕˊ五ㄨˇ分ㄈㄣ鐘ㄓㄨㄥ	lima belas menit 里媽 撥拉斯 摸尼
差ㄔㄚ五ㄨˇ分ㄈㄣ鐘ㄓㄨㄥ到ㄉㄠˋ五ㄨˇ點ㄉㄧㄢˇ（四ㄙˋ點ㄉㄧㄢˇ五ㄨˇ十ㄕˊ五ㄨˇ分ㄈㄣ）	jam lima kurang lima menit 沾 里媽 故浪 里媽 摸尼
差ㄔㄚ十ㄕˊ五ㄨˇ分ㄈㄣ鐘ㄓㄨㄥ到ㄉㄠˋ兩ㄌㄧㄤˇ點ㄉㄧㄢˇ（一ㄧˋ點ㄉㄧㄢˇ四ㄙˋ十ㄕˊ五ㄨˇ分ㄈㄣ）	jam dua kurang lima belas menit 沾 都阿 故浪 里媽 撥拉斯 摸尼
時ㄕˊ	jam 沾
分ㄈㄣ	menit 摸尼
秒ㄇㄧㄠˇ	detik 得地
刻ㄎㄜˋ	lima belas menit 里媽 撥拉斯 摸尼

中文 & 注音符號	印尼文 & 拼音
今天	hari ini 哈哩 衣尼
明天	besok 撥說
昨天	kemarin 哥媽林
前天	kemarin lusa 哥媽林 路沙
後天	lusa 路沙
每天	setiap hari 使底阿 哈里
早上	pagi 趴哥衣

中文 & 注音符號	印尼文 & 拼音
中午 ㄓㄨㄥ ㄨˇ	siang 西骯
下午 ㄒㄧㄚˋ ㄨˇ	sore 說累
晚上 ㄨㄢˇ ㄕㄤˋ	malam 媽爛
傍晚 ㄅㄤ ㄨㄢˇ	senja 身扎
過去 ㄍㄨㄛˋ ㄑㄩˋ	masa lalu 媽沙 拉路
現在 ㄒㄧㄢˋ ㄗㄞˋ	sekarang 使嘎浪
未來 ㄨㄟˋ ㄌㄞˊ	masa depan 媽沙 得半

2 日期、月份

tanggal, bulan

當嘎、不爛

MP3-10

中文 & 注音符號	印尼文 & 拼音
西元紀年	penanggalan kalender 撥難嘎爛 嘎冷的
陰曆	penanggalan kalender Cina 撥難嘎爛 嘎冷的 機那
一月	Januari 扎怒阿哩
二月	Februari 喝不阿哩
三月	Maret 媽了
四月	April 阿必
五月	Mei 梅

中文＆注音符號	印尼文＆拼音
六ㄌㄧㄡˋ月ㄩㄝˋ	Juni 珠匿
七ㄑㄧ月ㄩㄝˋ	Juli 珠里
八ㄅㄚ月ㄩㄝˋ	Agustus 阿姑斯都斯
九ㄐㄧㄡˇ月ㄩㄝˋ	September 失等撥
十ㄕˊ月ㄩㄝˋ	Oktober 窩多撥
十ㄕˊ一ㄧ月ㄩㄝˋ	November 挪奔撥
十ㄕˊ二ㄦˋ月ㄩㄝˋ	Desember 得身撥

同學
Teman sekelas
得慢 失哥拉斯

中文 & 注音符號	印尼文 & 拼音
一月一日	bulan satu tanggal satu 不爛 沙度 當嘎 沙度
三月十五日	bulan tiga tanggal lima belas 不爛 低嘎 當嘎 哩媽 撥拉斯
星期一	Senin 失寧
星期二	Selasa 失拉沙
星期三	Rabu 拉不
星期四	Kamis 嘎咪斯
星期五	Jumat 尊阿得
星期六	Sabtu 沙度
星期日	Minggu 民姑

中文 & 注音符號	印尼文 & 拼音
週末	akhir pekan 阿起 撥敢
假日	hari libur 哈里 里不
平日	hari biasa 哈里 比阿沙
這星期	minggu ini 民故 衣尼
上星期	minggu lalu 民故 拉路
下星期	minggu depan 民故 得半
這個月	bulan ini 不爛 衣尼
上個月	bulan lalu 不爛 拉路
下個月	bulan depan 不爛 得半

中文 & 注音符號	印尼文 & 拼音
今_{ㄐㄧㄣ}年_{ㄋㄧㄢ}	tahun ini 搭午恩 衣尼
去_{ㄑㄩ}年_{ㄋㄧㄢ}	tahun lalu 搭午恩 拉路
明_{ㄇㄧㄥ}年_{ㄋㄧㄢ}	tahun depan 搭午恩 得半
年_{ㄋㄧㄢ}初_{ㄔㄨ}	awal tahun 阿哇 搭恩
年_{ㄋㄧㄢ}中_{ㄓㄨㄥ}	pertengahan tahun 撥等阿安 搭恩
年_{ㄋㄧㄢ}底_{ㄉㄧ}	akhir tahun 阿起 搭恩

3

氣ㄑㄧˋ候ㄏㄡˋ

cuaca
珠阿扎

中文 & 注音符號	印尼文 & 拼音
乾ㄍㄢ季ㄐㄧˋ	musim kemarau 母新 哥媽勞
雨ㄩˇ季ㄐㄧˋ	musim hujan 母新 屋佔
春ㄔㄨㄣ	musim semi 母新 失咪
夏ㄒㄧㄚˋ	musim panas 母新 趴那斯
秋ㄑㄧㄡ	musim gugur 母新 姑姑
冬ㄉㄨㄥ	musim dingin 母新 頂印
彩ㄘㄞˇ虹ㄏㄨㄥˊ	pelangi 撥郎衣

中文 & 注音符號	印尼文 & 拼音
閃ㄕㄢˇ電ㄉㄧㄢˋ	kilat 哥衣拉
打ㄉㄚˇ雷ㄌㄟˊ	petir 撥低
雲ㄩㄣˊ	awan 阿萬
烏ㄨ雲ㄩㄣˊ	awan hitam 阿萬 嘻但
風ㄈㄥ	angin 骯印
颳ㄍㄨㄚ風ㄈㄥ	hembusan angin 很不山 骯音
颱ㄊㄞˊ風ㄈㄥ	angin taifun 骯音 代風
龍ㄌㄨㄥˊ捲ㄐㄩㄢˇ風ㄈㄥ	angin puyuh 骯音 不屋
霧ㄨˋ	kabut 嘎不

中文＆注音符號	印尼文＆拼音
起ㄑㄧ˙霧ㄨˋ	berembun 撥恩不
雨ㄩˇ	hujan 屋佔
小ㄒㄧㄠˇ雨ㄩˇ	hujan rintik-rintik 屋佔 林低 - 林低
大ㄉㄚˋ雨ㄩˇ	hujan lebat 屋佔 了趴
下ㄒㄧㄚˋ雪ㄒㄩㄝˇ	turun salju 都論 沙珠
霜ㄕㄨㄤ	embun 恩不
晴ㄑㄧㄥˊ天ㄊㄧㄢ	hari cerah 哈哩 之拉
雨ㄩˇ天ㄊㄧㄢ	hujan 忽沾
陰ㄧㄣ天ㄊㄧㄢ	berawan 撥拉萬

中文 & 注音符號	印尼文 & 拼音
天空	langit 浪衣
白天	siang hari 西骯 哈哩
晚上 （夜裡）	malam 媽爛
熱	panas 趴那斯
潮濕	lembab 冷巴
暖活	nyaman 娘慢
涼爽	segar 失嘎
寒冷	dingin sekali 頂印 失嘎哩
氣溫	temperatur 等撥拉都

中文 & 注音符號	印尼文 & 拼音
濕度ㄕ ㄉㄨ	kelembaban 個冷巴半
天氣預報ㄊㄧㄢ ㄑㄧ ㄩ ㄅㄠ	prakiraan cuaca 巴哥衣拉安 朱阿扎
高溫ㄍㄠ ㄨㄣ	suhu udara tinggi 書呼 午搭拉 頂哥衣
低溫ㄉㄧ ㄨㄣ	suhu udara rendah 書呼 午搭拉 冷搭
氣壓ㄑㄧ ㄧㄚ	tekanan udara 得嘎難 午搭拉

上午
Pagi
巴哥衣

中午
Siang
西樣

下午
Sore
説了

晚上
Malam
媽爛

4

位（ㄨㄟˋ）置（ㄓˋ）

posisi / letak

玻西西 / 勒搭

MP3-12

中文 & 注音符號	印尼文 & 拼音
前（ㄑㄧㄢˊ）	depan 得半
後（ㄏㄡˋ）	belakang 撥拉剛
上（ㄕㄤˋ）	naik 那衣
下（ㄒㄧㄚˋ）	turun 都論
右（ㄧㄡˋ）	kanan 嘎難
左（ㄗㄨㄛˇ）	kiri 哥衣哩
中（ㄓㄨㄥ）間（ㄐㄧㄢ）	tengah 等阿

中文 & 注音符號	印尼文 & 拼音
外面	luar 路阿
旁邊	sebelah 失撥拉
對面	seberang 失撥浪
隔壁	sebelah 失撥拉
這裡	disini 底西尼
那裡	disana 底沙那
這邊	sebelah sini 失撥拉 西尼
那邊	sebelah sana 失撥拉 沙那
東邊	sebelah timur 失撥拉 底母

中文 & 注音符號	印尼文 & 拼音
西_{ㄒㄧ}邊_{ㄅㄧㄢ}	sebelah barat 失撥拉 巴拉
南_{ㄋㄢˊ}邊_{ㄅㄧㄢ}	sebelah selatan 失撥拉 使拉但
北_{ㄅㄟˇ}邊_{ㄅㄧㄢ}	sebelah utara 失撥拉 午搭拉

天_{ㄊㄧㄢ}文_{ㄨㄣˊ}

astronomi

阿斯多諾咪

MP3-13

中文 & 注音符號	印尼文 & 拼音
宇_{ㄩˇ}宙_{ㄓㄡˋ}	angkasa 骯嘎沙
地_{ㄉㄧˋ}球_{ㄑㄧㄡˊ}	bumi 撲密
月_{ㄩㄝˋ}球_{ㄑㄧㄡˊ}	bulan 不爛
太_{ㄊㄞˋ}陽_{ㄧㄤˊ}	matahari 媽搭哈哩
銀_{ㄧㄣˊ}河_{ㄏㄜˊ}	galaksi 嘎辣西
行_{ㄒㄧㄥˊ}星_{ㄒㄧㄥ}	planet 撥拉呢
星_{ㄒㄧㄥ}星_{ㄒㄧㄥ}	bintang 丙當

中文 & 注音符號	印尼文 & 拼音
流星 ㄌㄧㄡˊㄒㄧㄥ	meteor 摸的喔
彗星 ㄏㄨㄟˋㄒㄧㄥ	komet 鍋摸
日蝕 ㄖˋㄕˊ	gerhana matahari 哥哈那 媽搭哈哩
月蝕 ㄩㄝˋㄕˊ	gerhana bulan 哥哈那 不爛
大氣層 ㄉㄚˋㄑㄧˋㄘㄥˊ	atmosfir 阿斯摸費
赤道 ㄔˋㄉㄠˋ	khatulistiwa 嘎都哩斯低哇
北極 ㄅㄟˇㄐㄧˊ	kutub utara 姑都 屋搭拉
南極 ㄋㄢˊㄐㄧˊ	kutub selatan 姑都 失拉但
太空 ㄊㄞˋㄎㄨㄥ	ruang angkasa 路骯 骯嘎沙

中文＆注音符號	印尼文＆拼音
太ㄊㄞˋ空ㄎㄨㄥ船ㄔㄨㄢˊ	pesawat ruang angkasa 撥沙哇 路骯 骯嘎沙
衛ㄨㄟˋ星ㄒㄧㄥ	satelit 沙的哩
水ㄕㄨㄟˇ瓶ㄆㄧㄥˊ座ㄗㄨㄛˋ	Akuarius 阿瓜哩屋斯
雙ㄕㄨㄤ魚ㄩˊ座ㄗㄨㄛˋ	Pieces 必賽斯
牡ㄇㄨˇ羊ㄧㄤˊ座ㄗㄨㄛˋ	Aries 阿哩喔斯
金ㄐㄧㄣ牛ㄋㄧㄡˊ座ㄗㄨㄛˋ	Taurus 刀路斯
雙ㄕㄨㄤ子ㄗˇ座ㄗㄨㄛˋ	Gemini 哥咪匿
巨ㄐㄩˋ蟹ㄒㄧㄝˋ座ㄗㄨㄛˋ	Cancer 乾之
獅ㄕ子ㄗˇ座ㄗㄨㄛˋ	Leo 了喔

中文 & 注音符號	印尼文 & 拼音
處女座 ㄔㄨˇ ㄋㄩˇ ㄗㄨㄛˋ	Virgo 非衣鍋
天秤座 ㄊㄧㄢ ㄆㄧㄥˊ ㄗㄨㄛˋ	Libra 哩撥拉
天蠍座 ㄊㄧㄢ ㄒㄧㄝ ㄗㄨㄛˋ	Scorpio 失鍋必喔
射手座 ㄕㄜˋ ㄕㄡˇ ㄗㄨㄛˋ	Sagitarius 沙哥衣搭哩屋斯
摩羯座 ㄇㄛˊ ㄐㄧㄝˊ ㄗㄨㄛˋ	Capricon 嘎必鍋

6

自ˋ然ˊ景ˇ觀ˋ

pemandangan alam

撥滿當安 阿爛

MP3-14

中文 & 注音符號	印尼文 & 拼音
山ㄕㄢ	gunung 姑弄
山ㄕㄢ頂ㄉㄧㄥ	puncak 不恩扎
山ㄕㄢ谷ㄍㄨ	jurang 珠浪
山ㄕㄢ洞ㄉㄨㄥ	gua 姑阿
平ㄆㄧㄥ原ㄩㄢ	dataran 搭答爛
盆ㄆㄣ地ㄉㄧ	lembah 冷趴
海ㄏㄞ	laut 拉屋

中文 & 注音符號	印尼文 & 拼音
海ㄏㄞˇ浪ㄌㄤˋ	ombak 喔恩爸
河ㄏㄜˊ流ㄌㄧㄡˊ	sungai 宋愛
湖ㄏㄨˊ	danau 搭鬧
瀑ㄆㄨˋ布ㄅㄨˋ	air terjun 阿衣 的尊
島ㄉㄠˇ	pulau 不勞
池ㄔˊ塘ㄊㄤˊ	kolam 鍋爛
沙ㄕㄚ漠ㄇㄛˋ	gurun 姑論
綠ㄌㄩˋ洲ㄓㄡ	sumber ketenangan 書恩撥 哥的娘安
沼ㄓㄠˇ澤ㄗㄜˋ	rawa 拉哇

7

植物ˇˋ
tumbuh-tumbuhan
敦不-敦不安

MP3-15

中文 & 注音符號	印尼文 & 拼音
木槿 （印尼國花）	anggrek(bunga kebangsaan Indonesia) 骯各（不阿 個幫沙安 印多呢西亞）
蘭花	anggrek 骯哥樂
茉莉	melati 摸拉低
荷花	teratai 的拉代
玫瑰	mawar 馬哇
雞蛋花 （梔子花）	bunga tanjung 不阿 單中

中文 & 注音符號	印尼文 & 拼音
玉蘭花 ㄩˋ ㄌㄢˊ ㄏㄨㄚ	bunga maknolia 不阿 媽諾哩阿
繡球花 ㄒㄧㄡˋ ㄑㄧㄡˊ ㄏㄨㄚ	sebangsa semak 失幫沙 失媽
桃花 ㄊㄠˊ ㄏㄨㄚ	bunga persik 不阿 撥西
桂花 ㄍㄨㄟˋ ㄏㄨㄚ	bunga wangi 不阿 汪衣
菊花 ㄐㄩˊ ㄏㄨㄚ	bunga serunai 不阿 失路耐
李花 ㄌㄧˇ ㄏㄨㄚ	bunga musim 不阿 母心
杏花 ㄒㄧㄥˋ ㄏㄨㄚ	bunga aprikot 不阿 阿必鍋
百合 ㄅㄞˇ ㄏㄜˊ	bunga lili 不阿 哩哩
水仙 ㄕㄨㄟˇ ㄒㄧㄢ	bunga bakung 不阿 趴工

中文 & 注音符號	印尼文 & 拼音
薰衣草	bunga lavender 不阿 拉分的
迷迭香	rosemary 囉斯馬哩
尤加利	ekaliptus 喔嘎力度斯
蘆薈	lidah buaya 哩答 不阿亞
薄荷	menthol 悶多
菩提樹	pohon bodhi 玻婚 玻低
椰子樹	pohon kelapa 玻婚 哥拉爸
棕櫚樹	pohon palem 玻婚 趴冷

中文＆注音符號	印尼文＆拼音
柚ㄧㄡˊ木ㄇㄨˋ	kayu jati 嘎又 扎低
竹ㄓㄨˊ子ㄗˇ	bambu 班不
仙ㄒㄧㄢ人ㄖㄣˊ掌ㄓㄤˇ	kaktus 嘎度斯
梧ㄨˊ桐ㄊㄨㄥˊ樹ㄕㄨˋ	bonsai 播恩曬
樟ㄓㄤ樹ㄕㄨˋ	pohon cinamon 玻婚 機那母
檳ㄅㄧㄣ榔ㄌㄤˊ樹ㄕㄨˋ	pohon pinang 玻婚 必難
芭ㄅㄚ蕉ㄐㄧㄠ樹ㄕㄨˋ	pohon pisang 玻婚 必上
榕ㄖㄨㄥˊ樹ㄕㄨˋ	pohon ara 玻婚 阿拉

中文 & 注音符號	印尼文 & 拼音
楊柳 ㄧㄤ ㄌㄧㄡ	pohon willow 玻混 威落
稻米 ㄉㄠ ㄇㄧ	beras 撥拉斯
小麥 ㄒㄧㄠ ㄇㄞ	gandum 乾東
花 ㄏㄨㄚ	bunga 不阿
花苞 ㄏㄨㄚ ㄅㄠ	pucuk bunga (kelopak bunga) 不住 不阿（歌羅爸 不阿）
花蜜 ㄏㄨㄚ ㄇㄧ	sari bunga 沙哩 不阿
花粉 ㄏㄨㄚ ㄈㄣ	serbuk bunga 失不 不阿
開花 ㄎㄞ ㄏㄨㄚ	mekar 摸嘎

中文 & 注音符號	印尼文 & 拼音
葉子	daun 搭午恩
樹木	pohon 玻婚
樹葉	daun 搭午恩
樹枝	ranting 爛丁
果實	buah 不阿
種子	biji 必機
草	rumput 龍不
盆景	bonsai 奔賽

8 動物ㄉㄨㄥˋㄨˋ

binatang(hewan)

比那當（呵萬）

MP3-16

中文 & 注音符號	印尼文 & 拼音
狗ㄍㄡˇ	anjing 安竟
貓ㄇㄠ	kucing 姑京
兔ㄊㄨˋ子ㄗ	kelinci 哥林計
馬ㄇㄚˇ	kuda 姑大
驢ㄌㄩˊ	keledai 哥勒代
鹿ㄌㄨˋ	rusa 路沙
狐ㄏㄨˊ狸ㄌㄧˊ	rubah 路爸

中文 & 注音符號	印尼文 & 拼音
狼 ㄌㄤˊ	serigala 失裡嘎拉
獅ㄕ子ㄗˇ	singa 星阿
老ㄌㄠˇ虎ㄏㄨˇ	harimau 哈哩冒
大ㄉㄚˋ象ㄒㄧㄤˋ	gajah 嘎炸
熊ㄒㄩㄥˊ	beruang 撥路骯
猴ㄏㄡˊ子ㄗˇ	monyet 模捏
小ㄒㄧㄠˇ鳥ㄋㄧㄠˇ	burung 不龍
麻ㄇㄚˊ雀ㄑㄩㄝˋ	burung gereja 不龍 哥了炸

中文 & 注音符號	印尼文 & 拼音
白ㄅㄞˊ鷺ㄌㄨˋ鷥ㄙ	burung bangau 不龍 幫奧
燕ㄧㄢˋ子ㄗˇ	burung walet 不龍 蛙累
鴿ㄍㄜ子ㄗˇ	merpati 摸巴地
海ㄏㄞˇ鷗ㄡ	camar laut 炸罵 拉屋
烏ㄨ鴉ㄧㄚ	burung gagak 不龍 嘎嘎
蝙ㄅㄧㄢ蝠ㄈㄨˊ	kalong 嘎龍
烏ㄨ龜ㄍㄨㄟ	kura-kura 姑拉 - 姑拉
老ㄌㄠˇ鼠ㄕㄨˇ	tikus 低姑斯
眼ㄧㄢˇ鏡ㄐㄧㄥˋ蛇ㄕㄜˊ	ular kobra 屋拉 郭爸

9

昆ㄎㄨㄣ 蟲ㄔㄨㄥ

serangga
失浪嘎

MP3-17

中文 & 注音符號	印尼文 & 拼音
蝴ㄏㄨˊ蝶ㄉㄧㄝˊ	kupu-kupu 姑不 - 姑不
蜜ㄇㄧˋ蜂ㄈㄥ	lebah 了爸
蚊ㄨㄣˊ子ㄗ	nyamuk 娘木
蒼ㄘㄤ蠅ㄧㄥˊ	lalat 拉辣
蟑ㄓㄤ螂ㄌㄤˊ	kecoak 哥左阿
蚱ㄓㄚˋ蜢ㄇㄥˇ	belalang 撥拉浪
蟋ㄒㄧ蟀ㄕㄨㄞˋ	jangkrik 張哥力
螞ㄇㄚˇ蟻ㄧˇ	semut 失木
蜘ㄓ蛛ㄓㄨ	laba-laba 拉巴 - 拉巴

10

顏ㄧㄢˊ色ㄙㄜˋ
warna
哇那

MP3-18

中文 & 注音符號	印尼文 & 拼音
黑ㄏㄟ色ㄙㄜˋ	hitam 嘻單
白ㄅㄞˊ色ㄙㄜˋ	putih 不低
紅ㄏㄨㄥˊ色ㄙㄜˋ	merah 摸拉
藍ㄌㄢˊ色ㄙㄜˋ	biru 比路
黃ㄏㄨㄤˊ色ㄙㄜˋ	kuning 姑寧
粉ㄈㄣˇ紅ㄏㄨㄥˊ色ㄙㄜˋ	merah muda 摸拉 母搭
橘ㄐㄩˊ色ㄙㄜˋ	jingga 今嘎

中文 & 注音符號	印尼文 & 拼音
綠（ㄌㄩ）色（ㄙㄜ）	hijau 嘻照
紫（ㄗ）色（ㄙㄜ）	ungu 翁屋
咖（ㄎㄚ）啡（ㄈㄟ）色（ㄙㄜ）	coklat 左個拉

問候篇
ㄨㄣˋ ㄏㄡˋ ㄆㄧㄢ

menanyakan kabar

摸那娘感 嘎巴

1

寒ㄏㄢˊ暄ㄒㄩㄢ

obrolan santai
喔播蘭 山代

MP3-19

中文 & 注音符號	印尼文 & 拼音
你ㄋㄧˇ好ㄏㄠˇ	apa kabar 阿巴 嘎巴
你ㄋㄧˇ好ㄏㄠˇ嗎ㄇㄚ？	apakah anda baik-baik? 阿巴嘎 安搭 巴意 - 巴意
大ㄉㄚˋ家ㄐㄧㄚ好ㄏㄠˇ	apa kabar semuanya 阿巴 嘎巴 使母阿娘
早ㄗㄠˇ安ㄢ	selamat pagi 使拉馬 巴哥衣
午ㄨˇ安ㄢ	selamat siang 使拉馬 西骯
晚ㄨㄢˇ安ㄢ	selamat malam 使拉馬 媽蘭

中文 & 注音符號	印尼文 & 拼音
最ㄗㄨㄟ近ㄐㄧㄣ	akhir-akhir ini 阿嘻 - 阿嘻 衣尼
好ㄏㄠ久ㄐㄧㄡ不ㄅㄨ見ㄐㄧㄢ	sudah lama tidak jumpa 書搭 拉媽 底搭 準巴
不ㄅㄨ錯ㄘㄨㄛ	tidak buruk 底搭 不露
身ㄕㄣ體ㄊㄧ狀ㄓㄨㄤ況ㄎㄨㄤ	kondisi kesehatan 鍋恩底西 個使哈但
健ㄐㄧㄢ康ㄎㄤ	sehat 使哈
生ㄕㄥ病ㄅㄧㄥ	sakit <u>沙哥衣</u>
精ㄐㄧㄥ神ㄕㄣ好ㄏㄠ	bersemangat 撥使媽阿
精ㄐㄧㄥ神ㄕㄣ差ㄔㄞ （無ㄨ精ㄐㄧㄥ打ㄉㄚ采ㄘㄞ）	tidak bersemangat 底搭 撥使媽阿

中文 & 注音符號	印尼文 & 拼音
好ㄏㄠˇ忙ㄇㄤˊ	sangat sibuk 傷阿 西部
很ㄏㄣˇ累ㄌㄟˋ	sangat lelah 傷阿 勒拉
有ㄧㄡˇ空ㄎㄨㄥˋ	ada waktu 阿搭 哇度
沒ㄇㄟˊ空ㄎㄨㄥˋ	tidak ada waktu 底搭 阿搭 哇度

這附近有車站嗎？
Sekitar sini ada stasiun bus?
失機搭 西匿 阿答 失搭西摁 ㄅ斯

2

介紹ㄐㄧㄝˋㄕㄠˋ
memperkenalkan
門撥個那感

🎧 MP3-20

中文 & 注音符號	印尼文 & 拼音
我ㄨㄛˇ	saya 沙亞
你ㄋㄧˇ	kamu 嘎母
他ㄊㄚ	dia 底亞
我ㄨㄛˇ們ㄇㄣ˙	kita 哥衣搭
你ㄋㄧˇ們ㄇㄣ˙	kalian 嘎里安
他ㄊㄚ們ㄇㄣ˙	mereka 摸勒嘎

HOUSE WORK

中文 & 注音符號	印尼文 & 拼音
名字 ㄇㄧㄥˊ ㄗˋ	nama 那媽
這位 ㄓㄜˋ ㄨㄟˋ	orang ini 喔浪 衣尼
貴姓 ㄍㄨㄟˋ ㄒㄧㄥˋ	marga 媽嘎
朋友 ㄆㄥˊ ㄧㄡˇ	teman 得慢
男朋友 ㄋㄢˊ ㄆㄥˊ ㄧㄡˇ	teman laki-laki 得慢 拉哥衣-拉哥衣
女朋友 ㄋㄩˇ ㄆㄥˊ ㄧㄡˇ	teman perempuan 得慢 撥冷不安
男性 ㄋㄢˊ ㄒㄧㄥˋ	cowok 左窩
女性 ㄋㄩˇ ㄒㄧㄥˋ	cewek 之午喔

中文 & 注音符號	印尼文 & 拼音
老師 ㄌㄠˇ ㄕ	guru 故路
同事 ㄊㄨㄥˊ ㄕˋ	rekan kerja 勒感 個扎
關照 ㄍㄨㄢ ㄓㄠˋ	perhatiannya 撥哈底安娘
指教 ㄓˇ ㄐㄧㄠˋ	petunjuk 撥敦朱

3

請求、拜託

memohon, tolong

摸模混、多龍

MP3-21

中文 & 注音符號	印尼文 & 拼音
請問	numpang nanya 弄幫 那娘
可不可以	boleh atau tidak 播勒 阿到 底搭 播勒
幫忙	bantuan 辦都安
幫我	bantu saya 辦都 沙亞
不好意思	maaf 媽阿夫
請	silahkan 西拉感

中文 & 注音符號	印尼文 & 拼音
不ㄅㄨ客ㄎㄜ氣ㄑㄧ	tidak usah sungkan 底搭 午沙 送感
借ㄐㄧㄝ過ㄍㄨㄛ一ㄧ下ㄒㄧㄚ	numpang lewat 弄幫 勒哇
麻ㄇㄚ煩ㄈㄢ你ㄋㄧ了ㄌㄜ	merepotkan anda 摸勒播感 安搭

4

感_{ㄍㄢ}謝_{ㄒㄧㄝ}、 邀_{ㄧㄠ}請_{ㄑㄧㄥ}

terima kasih, mengundang

得里媽 嘎西、盟午恩當

中文 & 注音符號	印尼文 & 拼音
謝_{ㄒㄧㄝ}謝_{ㄒㄧㄝ}	terima kasih 得里媽 嘎西
禮_{ㄌㄧ}物_ㄨ	kado 嘎多
請_{ㄑㄧㄥ}笑_{ㄒㄧㄠ}納_{ㄋㄚ}	mohon diterima 模恨 底得理媽
約_{ㄩㄝ}會_{ㄏㄨㄟ}	kencan 跟站
吃_ㄔ飯_{ㄈㄢ}	makan nasi 媽感 那西
看_{ㄎㄢ}電_{ㄉㄧㄢ}影_{ㄧㄥ}	nonton filem 諾多恩 非衣冷

中文 & 注音符號	印尼文 & 拼音
聊ㄌㄧㄠˊ天ㄊㄧㄢ	ngobrol 喔播
逛ㄍㄨㄤˋ街ㄐㄧㄝ	jalan-jalan 扎蘭 - 扎蘭
購ㄍㄡˋ物ㄨˋ	belanja 撥蘭扎

5

命_{ㄇㄥˋ}令_{ㄌㄧㄥˋ}、 允_{ㄩㄣˇ}許_{ㄒㄩˇ}

memerintah,
memperbolehkan

摸摸拎答、摸撥潑勒乾

MP3-23

中文 & 注音符號	印尼文 & 拼音
可_{ㄎㄜˇ}以_{ㄧˇ}	boleh 播勒
不_{ㄅㄨˋ}可_{ㄎㄜˇ}以_{ㄧˇ}	tidak boleh 底搭 播勒
不_{ㄅㄨˋ}准_{ㄓㄨㄣˇ}	tidak diijinkan 底搭 底衣進感
不_{ㄅㄨˋ}好_{ㄏㄠˇ}	tidak baik 底搭 巴意
不_{ㄅㄨˋ}可_{ㄎㄜˇ}能_{ㄋㄥˊ}	tidak mungkin 底搭 夢哥衣恩

中文 & 注音符號	印尼文 & 拼音
怎麼可以	bagaimana mungkin 巴該媽那 夢哥衣恩
都可以	boleh saja 播勒 沙扎
請問	numpang nanya 弄邦 那娘
等一下	tunggu sebentar 東故 使本搭
安靜一點	tenang sedikit 得南 使低哥衣
喜歡	suka 書嘎
不喜歡	tidak suka 底搭 書嘎

PART 4

家庭篇

keluarga

個路阿嘎

屋ㄨ內ㄋㄟˋ格ㄍㄜˊ局ㄐㄩˊ

sekat dalam rumah
使嘎 搭蘭 路媽

MP3-24

中文＆注音符號	印尼文＆拼音
單ㄉㄢ人ㄖㄣˊ房ㄈㄤˊ	kamar satu orang 嘎媽 沙度 喔浪
雙ㄕㄨㄤ人ㄖㄣˊ房ㄈㄤˊ	kamar dua orang 嘎媽 度阿 喔浪
套ㄊㄠˋ房ㄈㄤˊ	kamar yang ada kamar mandinya 嘎媽 樣 安達 軋媽 慢低妮
客ㄎㄜˋ廳ㄊㄧㄥ	ruang tamu 路骯 搭母
廚ㄔㄨˊ房ㄈㄤˊ	dapur 搭不
房ㄈㄤˊ間ㄐㄧㄢ	kamar 嘎媽
睡ㄕㄨㄟˋ房ㄈㄤˊ（臥ㄨㄛˋ室ㄕˋ）	kamar tidur 嘎媽 底度

中文 & 注音符號	印尼文 & 拼音
主ㄓㄨˇ人ㄖㄣˊ房ㄈㄤˊ	kamar utama 嘎媽 午搭媽
客ㄎㄜˋ房ㄈㄤˊ	kamar tamu 嘎媽 搭母
書ㄕㄨ房ㄈㄤˊ	ruang buku 路央 不故
洗ㄒㄧˇ手ㄕㄡˇ間ㄐㄧㄢ	toilet 多衣勒
陽ㄧㄤˊ台ㄊㄞˊ	beranda 撥蘭搭
庭ㄊㄧㄥˊ院ㄩㄢˋ	taman 搭滿
花ㄏㄨㄚ園ㄩㄢˊ	taman bunga 搭滿 不阿
地ㄉㄧˋ下ㄒㄧㄚˋ室ㄕˋ	lantai bawah tanah 蘭代 巴哇 搭那
樓ㄌㄡˊ梯ㄊㄧ	tangga 當嘎

中文 & 注音符號	印尼文 & 拼音
電梯 ㄉㄧㄢˋ ㄊㄧ	lift 力喝
儲藏室 ㄔㄨˊ ㄘㄤˊ ㄕˋ	gudang 故當
車庫 ㄔㄜ ㄎㄨˋ	garasi 嘎拉西
門 ㄇㄣˊ	pintu 兵度
窗戶 ㄔㄨㄤ ㄏㄨˋ	jendela 真得拉
天花板 ㄊㄧㄢ ㄏㄨㄚ ㄅㄢˇ	langit-langit 浪衣 - 浪衣
屋頂 ㄨ ㄉㄧㄥˇ	atap 阿搭
浴缸 ㄩˋ ㄍㄤ	bak mandi 巴 滿地
馬桶 ㄇㄚˇ ㄊㄨㄥˇ	kloset 個羅社

2

家居用品
perabot rumah tangga
撥拉播 路媽 當嘎

MP3-25

PART 4

中文 & 注音符號	印尼文 & 拼音
沙發	sofa 說發
椅子	kursi 故西
折疊椅	kursi lipat 故西 里巴
躺椅	kursi tidur 故西 底度
坐墊	alas tempat duduk 阿拉斯 等巴 都度
書桌	meja belajar 摸扎 撥拉扎
書櫃	lemari buku 勒媽里 不故

中文 & 注音符號	印尼文 & 拼音
書架 ㄕㄨ ㄐㄧㄚ	rak buku 辣 不故
電腦桌 ㄉㄧㄢ ㄋㄠ ㄓㄨㄛ	meja komputer 摸扎 鍋恩不得
穿衣鏡 ㄔㄨㄢ ㄧ ㄐㄧㄥ	kaca rias 嘎扎 里阿斯
梳妝台 ㄕㄨ ㄓㄨㄤ ㄊㄞ	meja rias 摸扎 里阿斯
窗廉 ㄔㄨㄤ ㄌㄧㄢ	gorden jendela 鍋等 真得拉
花瓶 ㄏㄨㄚ ㄆㄧㄥ	pot bunga 播 不阿
地毯 ㄉㄧ ㄊㄢ	karpet 嘎撥
牆壁 ㄑㄧㄤ ㄅㄧ	dinding 訂訂
壁紙 ㄅㄧ ㄓ	kertas dinding 個搭斯 訂訂

中文 & 注音符號	印尼文 & 拼音
海報（ㄏㄞˇ ㄅㄠˋ）	poster 播斯得
畫框（ㄏㄨㄚˋ ㄎㄨㄤ）	bingkai foto 兵該 否多
浴缸（ㄩˋ ㄍㄤ）	bak mandi 巴 滿底
單人床（ㄉㄢ ㄖㄣˊ ㄔㄨㄤˊ）	ranjang satu orang 蘭長 沙度 喔浪
雙人床（ㄕㄨㄤ ㄖㄣˊ ㄔㄨㄤˊ）	ranjang dua orang 蘭長 度阿 喔浪
彈簧床（ㄉㄢˊ ㄏㄨㄤˊ ㄔㄨㄤˊ）	spring bed 使兵 撥
雙層床（ㄕㄨㄤ ㄘㄥˊ ㄔㄨㄤˊ）	ranjang dua tingkat 蘭長 度阿 訂嘎
嬰兒床（ㄧㄥ ㄦˊ ㄔㄨㄤˊ）	ranjang bayi 蘭長 巴衣
棉被（ㄇㄧㄢˊ ㄅㄟˋ）	selimut wol 使里母 窩

中文 & 注音符號	印尼文 & 拼音
涼被 ㄌㄧㄤ ㄅㄟ	selimut tipis 使里母 底比斯
蠶絲被 ㄘㄢ ㄙ ㄅㄟ	selimut sutera 使里母 書得拉
毛毯 ㄇㄠ ㄊㄢ	karpet 嘎撥
草蓆 ㄘㄠ ㄒㄧ	tikar 底嘎
竹蓆 ㄓㄨ ㄒㄧ	tikar bambu 底嘎 班鋪
床單 ㄔㄨㄤ ㄉㄢ	seprei 使被
枕頭 ㄓㄣ ㄊㄡ	bantal 辦搭
抱枕 ㄅㄠ ㄓㄣ	guling 故另
水龍頭 ㄕㄨㄟ ㄌㄨㄥ ㄊㄡ	keran air 個蘭 阿衣

中文＆注音符號	印尼文＆拼音
鬧鐘 ㄋㄠˋ ㄓㄨㄥ	jam weker 站 午喔個
碗櫃 ㄨㄢˇ ㄍㄨㄟˋ	lemari mangkuk 勒媽里 忙故
鞋架 ㄒㄧㄝˊ ㄐㄧㄚˋ	rak sepatu 拉 使巴都
衣架 ㄧ ㄐㄧㄚˋ	lemari pakaian 勒媽里 巴該安
煙灰缸 ㄧㄢ ㄏㄨㄟ ㄍㄤ	asbak 阿斯巴
垃圾桶 ㄌㄜˋ ㄙㄜˋ ㄊㄨㄥˇ	tong sampah 東 山巴
收納箱 ㄕㄡ ㄋㄚˋ ㄒㄧㄤ	kotak penyimpanan barang 鍋搭 撥印巴南 巴浪
掛勾 ㄍㄨㄚˋ ㄍㄡ	gantungan 感東安

3

餐具用品

peralatan makan

撥拉拉但 媽感

MP3-26

中文 & 注音符號	印尼文 & 拼音
飯碗	mangkuk nasi 忙故 那西
湯碗	mangkuk kuah 忙故 故阿
盤子	piring 比另
碟子	lepek (piring kecil) 勒撥（比另 哥機）
筷子	sumpit 孫比
免洗筷子	sumpit sekali pakai 孫比 使軋拉 爸該
叉子	garpu 嘎不

94

中文＆注音符號	印尼文＆拼音
刀ㄉㄠ子ㄗ	pisau 比少
湯ㄊㄤ匙ㄔ	sendok sop 身多說
炒ㄔㄠ菜ㄘㄞ鍋ㄍㄨㄛ	kuali 故阿里
鍋ㄍㄨㄛ鏟ㄔㄢ	sutil 書地
砧ㄓㄣ板ㄅㄢ	telanan 得勒南
菜ㄘㄞ刀ㄉㄠ	pisau sayur 比少 沙優
茶ㄔㄚ壺ㄏㄨ	cerek 之勒
杯ㄅㄟ子ㄗ	gelas 個拉斯
茶ㄔㄚ杯ㄅㄟ	gelas teh 個拉斯 得

中文 & 注音符號	印尼文 & 拼音
馬ㄇㄚˇ克ㄎㄜˋ杯ㄅㄟ	mug 目
酒ㄐㄧㄡˇ杯ㄅㄟ	gelas arak 個拉斯 阿辣
玻ㄅㄛ璃ㄌㄧˊ杯ㄅㄟ	gelas kaca 個拉斯 嘎扎
骨ㄍㄨˇ磁ㄘˊ杯ㄅㄟ	gelas porselen 個拉斯 玻失橵
紙ㄓˇ杯ㄅㄟ	gelas kertas 個拉斯 個搭斯
餐ㄘㄢ桌ㄓㄨㄛ	meja makan 摸扎 媽感
碗ㄨㄢˇ櫃ㄍㄨㄟˋ	rak mangkuk 辣 忙故
餐ㄘㄢ墊ㄉㄧㄢˋ	alas makan 阿拉斯 媽感
餐ㄘㄢ巾ㄐㄧㄣ	serbet makan 使撥 媽感

中文 & 注音符號	印尼文 & 拼音
桌巾 ㄓㄨㄛ ㄐㄧㄣ	serbet meja 使撥 摸扎
餐巾紙 ㄘㄢ ㄐㄧㄣ ㄓˇ	tisu makan 底書 媽感
保鮮膜 ㄅㄠˇ ㄒㄧㄢ ㄇㄛˊ	plastik pembungkus 撥拉斯底 本部恩故斯
塑膠袋 ㄙㄨˋ ㄐㄧㄠ ㄉㄞˋ	kantongan plastik 感多安 撥拉斯底

電器用品
peralatan listrik
撥拉拉但 里斯底

MP3-27

中文 & 注音符號	印尼文 & 拼音
電視機	televisi 得勒非衣西
冰箱	kulkas 故嘎斯
洗衣機	mesin cuci 摸新 朱機
烘衣機	mesin pengering baju 摸新 崩喔另 巴朱
電熱水器	termos pemanas air 得模斯 撥媽那斯 阿衣
冷氣機	AC 阿色
錄影機	video tape 非衣底喔 德
音響	speaker 使比個

中文 & 注音符號	印尼文 & 拼音
收音機 ㄕㄡ ㄧㄣ ㄐㄧ	radio 拉底喔
錄音機 ㄌㄨˋ ㄧㄣ ㄐㄧ	mesin perekam 摸新 撥勒感
隨身聽 ㄙㄨㄟˊ ㄕㄣ ㄊㄧㄥ	walkman 哇們
電風扇 ㄉㄧㄢˋ ㄈㄥ ㄕㄢˋ	kipas angin 哥衣巴斯 骯印
吊扇 ㄉㄧㄠˋ ㄕㄢˋ	kipas gantung 哥衣巴斯 感東
立扇 ㄌㄧˋ ㄕㄢˋ	kipas angin berdiri 哥衣巴斯 骯印 撥底里
電話機 ㄉㄧㄢˋ ㄏㄨㄚˋ ㄐㄧ	telepon 得勒播恩
答錄機 ㄉㄚˊ ㄌㄨˋ ㄐㄧ	mesin penjawab 摸新 本扎哇
電燈 ㄉㄧㄢˋ ㄉㄥ	lampu 蘭不

中文 & 注音符號	印尼文 & 拼音
抽油煙機	mesin penyedot asap minyak 摸新 撥呢多 阿沙 米尼阿
瓦斯爐	kompor 鍋恩播
微波爐	microwave 麥可 衛夫
烤箱	oven 喔分
烤麵包機	panggangan roti 幫港安 羅底
電子鍋	kompor listrik 鍋恩播 里斯底
燜燒鍋	panci tertutup (slow cooker) 班機 得都度（使漏 故個）
熱水壺	termos air panas 得模斯 阿衣 巴那斯
果汁機	mesin jus 摸新 朱斯

中文 & 注音符號	印尼文 & 拼音
咖ㄎㄚ啡ㄈㄟ機ㄐㄧ	mesin kopi 摸新 鍋比
除ㄔㄨ濕ㄕ機ㄐㄧ	alat penyerap kelembaban 阿拉 撥呢拉 個冷巴辦
空ㄎㄨㄥ氣ㄑㄧ清ㄑㄧㄥ淨ㄐㄧㄥ機ㄐㄧ	alat pembersih udara 阿拉 本 波 西午搭拉
暖ㄋㄨㄢ爐ㄌㄨ	pemanas 撥媽那斯
吹ㄔㄨㄟ風ㄈㄥ機ㄐㄧ	hair drayer (pengering rambut) 嗨衣 胎耶（崩另 蘭不）
吸ㄒㄧ塵ㄔㄣ器ㄑㄧ	penyedot debu 撥呢多 得不
照ㄓㄠ相ㄒㄧㄤ機ㄐㄧ	kamera 嘎摸拉
數ㄕㄨ位ㄨㄟ相ㄒㄧㄤ機ㄐㄧ	digital kamera 底哥衣搭 嘎摸拉

電器配件

perlengkapan listrik

撥冷嘎班 里斯底

中文 & 注音符號	印尼文 & 拼音
插頭	colokan 左羅感
插座	tempat colokan 等巴 左羅感
電線	kabel listrik 嘎撥 里斯底
電池	baterai 巴得勒
開關	tombol 多恩播
卡帶	kaset 嘎使
分機	extension 喔斯登西恩

中文 & 注音符號	印尼文 & 拼音
充電器	cas baterai 扎斯 巴得類
遙控器	remote 里模
使用說明書	buku petunjuk 不故 撥敦朱
喇叭	speaker 使比個
耳機	head phone 黑 分
電話分機	extension telepon 喔斯登西恩 得勒播恩
對講機	walkie tolkie 哇哥衣 都哥衣
無線電話	telepon tanpa kabel 得勒播恩 但巴 嘎撥
有線電話	telepon kabel 得勒播恩 嘎撥
電話筒	pegangan telepon 撥嘎安 得勒播恩

6

做家事
pekerjaan rumah tangga
撥哥扎安 路媽 當嘎

MP3-29

中文 & 注音符號	印尼文 & 拼音
圍裙	celemek 之了摸
口罩	masker 媽斯哥
頭巾	handuk kepala 和度 哥趴拉
洗碗	cuci piring 珠機 必令
掃地	menyapu 摸那不
掃把	sapu 沙不
畚箕	pungki 奔哥衣

104

中文 & 注音符號	印尼文 & 拼音
雞ㄐㄧ毛ㄇㄠˊ撢ㄉㄢˇ子ㄗˇ	kemucing 哥木經
拖ㄊㄨㄛ地ㄉㄧˋ	ngepel 喔撥
抹ㄇㄛˇ布ㄅㄨˋ	kain lap 嘎印 拉
拖ㄊㄨㄛ把ㄅㄚˇ	alat ngepel 阿拉 喔撥
水ㄕㄨㄟˇ桶ㄊㄨㄥˇ	baskom air 巴斯棍 阿衣
擦ㄘㄚ窗ㄔㄨㄤ戶ㄏㄨˋ	lap jendela 辣 真的拉
玻ㄅㄛ璃ㄌㄧ	kaca 嘎扎
木ㄇㄨˋ板ㄅㄢˇ	papan kayu 趴半 嘎又
紗ㄕㄚ門ㄇㄣˊ	pintu kawat 賓度 嘎哇

中文 & 注音符號	印尼文 & 拼音
紗窗（ㄕㄚ ㄔㄨㄤ）	jendela kawat 真的拉 嘎哇
擦拭（ㄘㄚ ㄕ）	mengelap 摸阿拉撥
刷洗（ㄕㄨㄚ ㄒㄧ）	sikat 西嘎
污垢（ㄨ ㄍㄡ）	kotoran 郭多爛
灰塵（ㄏㄨㄟ ㄔㄣ）	debu 得不
收拾（ㄕㄡ ㄕ） （整理（ㄓㄥ ㄌㄧ））	merapikan 摸拉必乾
整齊（ㄓㄥ ㄑㄧ）	rapi 拉必
雜亂（ㄗㄚ ㄌㄨㄢ）	berantakan 撥爛搭乾
洗衣服（ㄒㄧ ㄧ ㄈㄨ）	cuci baju 珠機 趴珠

中文 & 注音符號	印尼文 & 拼音
乾（ㄍㄢ）淨（ㄐㄧㄥ）	bersih 撥西
髒（ㄗㄤ）	kotor 鍋多
濕（ㄕ）的（ㄉㄜ）	basah 趴沙
乾（ㄍㄢ）的（ㄉㄜ）	kering 哥令
曬（ㄕㄞ）衣（ㄧ）服（ㄈㄨ）	jemur baju 之木 趴珠
曬（ㄕㄞ）衣（ㄧ）架（ㄐㄧㄚ）	gantungan baju 乾東安 趴珠
曬（ㄕㄞ）衣（ㄧ）夾（ㄐㄧㄚ）子（ㄗ）	jepitan baju 之必但 趴珠
折（ㄓㄜ）衣（ㄧ）服（ㄈㄨ）	lipat baju 哩趴 趴珠
燙（ㄊㄤ）衣（ㄧ）服（ㄈㄨ）	seterika baju 失的哩嘎 趴珠

中文 & 注音符號	印尼文 & 拼音
縐摺 ㄓㄡ ㄓㄜˊ	kerutan 哥路但
熨斗 ㄩㄣ ㄉㄡˇ	seterika 失的哩嘎
燙衣架 ㄊㄤ ㄧ ㄐㄧㄚˋ	seterika baju (gantungannya) 失的哩嘎 趴珠（甘東安娘）
換洗衣物籃 ㄏㄨㄢˋ ㄒㄧˇ ㄧ ㄨˋ ㄌㄢˊ	keranjang cucian 哥爛帳 珠機安

7

洗澡（ㄒㄧˇ ㄗㄠˇ）
mandi
慢地

中文 & 注音符號	印尼文 & 拼音
洗（ㄒㄧˇ）頭（ㄊㄡˊ）	cuci rambut 珠機 爛不
擦（ㄘㄚ）背（ㄅㄟˋ）	menggosok pundak 盟鍋碩 奔大
按（ㄢˋ）摩（ㄇㄛˊ）	pijit 必機
沖（ㄔㄨㄥ）洗（ㄒㄧˇ）	bilas 逼拉市
淋（ㄌㄧㄣˊ）浴（ㄩˋ）	mandi pancuran 慢地 班珠爛
泡（ㄆㄠˋ）澡（ㄗㄠˇ）	mandi bak 慢地 爸
公（ㄍㄨㄥ）共（ㄍㄨㄥˋ）澡（ㄗㄠˇ）堂（ㄊㄤˊ）	tempat mandi umum 等趴 慢地 屋母

中文 & 注音符號	印尼文 & 拼音
熱(ㄖㄜ)水(ㄕㄨㄟ)池(ㄔ)	kolam air panas 鍋爛 阿衣 爸那斯
冷(ㄌㄥ)水(ㄕㄨㄟ)池(ㄔ)	kolam air dingin 鍋爛 阿衣 頂印
溫(ㄨㄣ)水(ㄕㄨㄟ)池(ㄔ)	kolam air hangat 鍋爛 阿衣 航阿
蒸(ㄓㄥ)汽(ㄑㄧ)室(ㄕ)	kamar uap 嘎媽 屋阿
體(ㄊㄧ)重(ㄓㄨㄥ)計(ㄐㄧ)	timbangan 頂幫安
更(ㄍㄥ)衣(ㄧ)室(ㄕ)	kamar ganti 嘎媽 乾地
泡(ㄆㄠ)溫(ㄨㄣ)泉(ㄑㄩㄢ)	mandi belerang 滿底 撥勒浪

8 清潔用品

perlengkapan kebersihan

MP3-31

撥冷嘎辦 個撥西含

中文 & 注音符號	印尼文 & 拼音
洗髮精	sampo 山播
潤髮精	pelembut 撥冷不
護髮油	minyak pelembut 米娘 撥冷不
沐浴乳	sabun mandi cair 沙不恩 滿地 扎衣
沐浴鹽	garam mandi 嘎蘭 滿地
洗面乳	sabun cuci muka cair 沙不恩 朱機 母嘎 扎衣
洗面皂	sabun cuci muka 沙不恩 朱機 母嘎

中文 & 注音符號	印尼文 & 拼音
洗手乳	sabun cuci tangan cair 沙不恩 朱機 當安 扎衣
肥皂	sabun 沙不恩
毛巾	handuk 含度
浴巾	handuk mandi 含度 滿底
浴帽	topi mandi 多比 滿底
衛生紙	tisu 底書
面紙	tisu muka 底書 母嘎
溼紙巾	tisu basah 底書 巴沙
梳子	sisir 西西

中文 & 注音符號	印尼文 & 拼音
牙ㄧㄚˊ膏ㄍㄠ	odol 喔多
牙ㄧㄚˊ刷ㄕㄨㄚ	sikat gigi 西嘎 哥衣 哥衣
刮ㄍㄨㄚ鬍ㄏㄨˊ膏ㄍㄠ	busa cukur kumis 不沙 朱故 故米斯
洗ㄒㄧˇ衣ㄧ粉ㄈㄣˇ	sabun bubuk 沙不恩 不不
冷ㄌㄥˇ洗ㄒㄧˇ精ㄐㄧㄥ	sabun cuci dingin 沙不恩 朱機 頂印
洗ㄒㄧˇ碗ㄨㄢˇ精ㄐㄧㄥ	sabun cuci piring 沙不恩 朱機 比另
衣ㄧ物ㄨˋ柔ㄖㄡˊ軟ㄖㄨㄢˇ精ㄐㄧㄥ	pelembut baju 撥冷不 巴朱
刷ㄕㄨㄚ子ㄗˇ	sikat 西嘎
漂ㄆㄧㄠ白ㄅㄞˊ水ㄕㄨㄟˇ	pemutih 撥母底

中文＆注音符號	印尼文＆拼音
垃ㄌㄜ圾ㄙㄜ袋ㄉㄞ	plastik sampah 撥拉斯底 山巴
垃ㄌㄜ圾ㄙㄜ桶ㄊㄨㄥ	tong sampah 董 山巴
抹ㄇㄛ布ㄅㄨ	kain pel 嘎印 撥
拖ㄊㄨㄛ把ㄅㄚ	tongkat pel 東嘎 撥
吸ㄒㄧ塵ㄔㄣ機ㄐㄧ	penyedot debu 撥呢多 得不
臉ㄌㄧㄢ盆ㄆㄣ	baskom muka 巴斯鍋恩 母嘎
尿ㄋㄧㄠ布ㄅㄨ	kain popok 嘎印 播播

9

個（ㄍㄜˋ）人（ㄖㄣˊ）用（ㄩㄥˋ）品（ㄆㄧㄣˇ）

perlengkapan pribadi

MP3-32

撥冷嘎辦 撥里巴底

中文 & 注音符號	印尼文 & 拼音
手（ㄕㄡˇ）帕（ㄆㄚˋ）	sapu tangan 沙不 當安
雨（ㄩˇ）傘（ㄙㄢˇ）	payung 巴用
雨（ㄩˇ）衣（ㄧ）	jas hujan 扎斯 呼站
眼（ㄧㄢˇ）鏡（ㄐㄧㄥˋ）	kaca mata 嘎扎 媽搭
隱（ㄧㄣˇ）形（ㄒㄧㄥˊ）眼（ㄧㄢˇ）鏡（ㄐㄧㄥˋ）	kontak lens 鍋恩大 冷斯
太（ㄊㄞˋ）陽（ㄧㄤˊ）眼（ㄧㄢˇ）鏡（ㄐㄧㄥˋ）	kacamata hitam 嘎扎媽搭 嘻但
口（ㄎㄡˇ）罩（ㄓㄠˋ）	masker 媽斯個

中文 & 注音符號	印尼文 & 拼音
指ㄓˇ甲ㄐㄧㄚˇ剪ㄐㄧㄢˇ	gunting kuku 棍訂 故故
安ㄢ全ㄑㄩㄢˊ帽ㄇㄠˋ	helm 河冷
信ㄒㄧㄣˋ用ㄩㄥˋ卡ㄎㄚˇ	kartu kredit 嘎度 個勒地
提ㄊㄧˊ款ㄎㄨㄢˇ卡ㄎㄚˇ	kartu ATM 嘎度 阿德恩
護ㄏㄨˋ照ㄓㄠˋ	paspor 巴斯播
身ㄕㄣ份ㄈㄣˋ證ㄓㄥˋ	KTP 嘎德撥
學ㄒㄩㄝˊ生ㄕㄥ證ㄓㄥˋ	kartu pelajar 嘎度 撥拉扎
鑰ㄧㄠˋ匙ㄔˊ	kunci 棍機
打ㄉㄚˇ火ㄏㄨㄛˇ機ㄐㄧ	mancis 滿機斯
衛ㄨㄟˋ生ㄕㄥ棉ㄇㄧㄢˊ	pembalut wanita 撥趴嚕 哇逆搭

10 文具用品

alat-alat kantor

阿拉-阿拉 感多

MP3-33

中文 & 注音符號	印尼文 & 拼音
鉛筆	pensil 本西
原子筆	pen 本
鋼筆	ballpoint 巴播印
削鉛筆機	peraut pensil 撥拉午 本西
筆筒	tabung pensil 搭不恩 本西
橡皮擦	penghapus 崩哈不斯
立可白	tip-ex 底比 - 喔斯

中文 & 注音符號	印尼文 & 拼音
鉛筆盒	kotak pensil 鍋搭 本西
剪刀	gunting 棍訂
尺	penggaris 崩嘎里斯
蠟筆	crayon 哥拉用
筆記本	buku catatan 不故 扎搭但
便條紙	kertas memo 個搭斯 摸模
文件夾	map 罵
計算機	kalkulator 嘎故拉多
行事曆	agenda 阿跟搭

中文 & 注音符號	印尼文 & 拼音
釘ㄉㄧㄥ書ㄕㄨ機ㄐㄧ	hekter 和得
毛ㄇㄠ筆ㄅㄧ	pensil kuas 本西 姑阿失
迴ㄏㄨㄟ紋ㄨㄣ針ㄓㄣ	klip 個力
圖ㄊㄨ釘ㄉㄧㄥ	paku payung 巴故 巴用
麥ㄇㄞ克ㄎㄜ筆ㄅㄧ	spidol 使比多
螢ㄧㄥ光ㄍㄨㄤ筆ㄅㄧ	stabilo 使搭比羅
三ㄙㄢ角ㄐㄧㄠ尺ㄔ	penggaris segitiga 崩嘎里斯 使哥衣底嘎
圓ㄩㄢ規ㄍㄨㄟ	jangka 張嘎
釘ㄉㄧㄥ書ㄕㄨ機ㄐㄧ	hekter 河得

PART 4

中文 & 注音符號	印尼文 & 拼音
打ㄉㄚˇ洞ㄉㄨㄥˋ器ㄑㄧˋ	alat lobang kertas 阿拉 羅幫 個搭斯
膠ㄐㄧㄠ水ㄕㄨㄟˇ	lem 冷
墊ㄉㄧㄢˋ板ㄅㄢˇ	papan alas 巴辦 阿拉失
月ㄩㄝˋ曆ㄌㄧˋ	kalender bulanan 嘎冷得 不拉難

PART 5

購物篇

belanja
撥蘭扎

衣ー物ㄨˋ
baju
巴朱

MP3-34

中文 & 注音符號	印尼文 & 拼音
內ㄋㄟˋ衣ー	baju dalam 巴朱 搭蘭
胸ㄒㄩㄥ罩ㄓㄠˋ	BH 撥哈
沙ㄕㄚ龍ㄌㄨㄥˊ	sarung 沙龍
襯ㄔㄣˋ衫ㄕㄢ	kemeja 個摸扎
格ㄍㄜˊ子ㄗˇ襯ㄔㄣˋ衫ㄕㄢ	kemeja corak kotak 個摸扎 左辣 鍋搭
花ㄏㄨㄚ襯ㄔㄣˋ衫ㄕㄢ	kemeja corak bunga 個摸扎 左辣 不阿
白ㄅㄞˊ襯ㄔㄣˋ衫ㄕㄢ	kemeja putih 個摸扎 不底

中文 & 注音符號	印尼文 & 拼音
汗衫ㄏㄢˋㄕㄢ	kaos serap keringat 嘎喔斯 使辣 個另阿
運動衣ㄩㄣˋㄉㄨㄥˋㄧ	baju olah raga 巴朱 喔拉 拉嘎
球衣ㄑㄧㄡˊㄧ	baju bola 巴朱 播拉
西裝ㄒㄧㄓㄨㄤ	jas 扎斯
外套ㄨㄞˋㄊㄠˋ	jaket 扎個
制服ㄓˋㄈㄨˊ	seragam 使拉敢
睡衣ㄕㄨㄟˋㄧ	baju tidur 巴朱 底度
毛衣ㄇㄠˊㄧ	baju wol 巴朱 窩

中文 & 注音符號	印尼文 & 拼音
棉襖 ㄇㄢ ㄠˇ	jaket tebal 扎個 撥趴
大衣 ㄉㄚˋ ㄧ	mantel 滿得
皮大衣 ㄆㄧˊ ㄉㄚˋ ㄧ	jaket kulit 扎個 故里
泳衣 ㄩㄥˇ ㄧ	baju renang 巴朱 勒難
泳褲 ㄩㄥˇ ㄎㄨˋ	celana renang 之拉那 勒難
長褲 ㄔㄤˊ ㄎㄨˋ	celana panjang 之拉那 辦長
短褲 ㄉㄨㄢˇ ㄎㄨˋ	celana pendek 之拉那 本得
內褲 ㄋㄟˋ ㄎㄨˋ	celana dalam 之拉那 搭蘭
牛仔褲 ㄋㄧㄡˊ ㄗㄞˇ ㄎㄨˋ	celana jeans 之拉那 近斯
帽子 ㄇㄠˋ ㄗ	topi 多比

124

中文 & 注音符號	印尼文 & 拼音
草帽ㄘㄠˇㄇㄠˋ	topi jerami 多比 之拉米
鴨舌帽ㄧㄚ ㄕㄜˊ ㄇㄠˋ	topi pet 多比 撥得
扣子ㄎㄡˋ ㄗˇ	kancing 感靜
高領衣服ㄍㄠ ㄌㄧㄥˇ ㄧ ㄈㄨˊ	baju leher tinggi 巴朱 勒和 訂哥衣
V字領ㄗˋ ㄌㄧㄥˇ	baju leher v 巴朱 勒和 V
口袋ㄎㄡˇ ㄉㄞˋ	kantong 感懂
手套ㄕㄡˇ ㄊㄠˋ	sarung tangan 沙龍 當安
襪子ㄨㄚˋ ㄗˇ	kaos kaki 嘎喔斯 嘎哥衣
絲襪ㄙ ㄨㄚˋ	stocking 失多哥衣恩
絲巾ㄙ ㄐㄧㄣ	syal 使亞

中文 & 注音符號	印尼文 & 拼音
絲ㄙ襪ㄨㄚ	stocking 失多哥衣恩
皮ㄆㄧ帶ㄉㄞ	tali pinggang 搭里 兵港
領ㄌㄧㄥ帶ㄉㄞ	dasi 搭西
領ㄌㄧㄥ帶ㄉㄞ夾ㄐㄧㄚ	penjepit dasi 本之比 搭西
棉ㄇㄧㄢ	kapas 嘎趴市
絲ㄙ	sutera 書得拉
麻ㄇㄚ	kain goni 嘎音 刻喔逆
尼ㄋㄧ龍ㄌㄨㄥ	nilon 尼論
羊ㄧㄤ毛ㄇㄠ	bulu kambing 不路 感兵
尺ㄔ寸ㄘㄨㄣ	ukuran 午故蘭

中文 & 注音符號	印尼文 & 拼音
小號	ukuran kecil 午故蘭 個機
中號	ukuran sedang 午故蘭 使當
大號	ukuran besar 午故蘭 撥沙
同一尺寸 （one size）	satu ukuran 沙度 午故蘭
太大	terlalu besar 得拉路 撥沙
太小	terlalu kecil 得拉路 個機
太緊	terlalu sempit 得拉路 身比
寬鬆	longgar 龍嘎

中文 & 注音符號	印尼文 & 拼音
試ㄕˋ穿ㄔㄨㄢ	coba pakai 作巴 巴該
合ㄏㄜˊ身ㄕㄣ	pas badan 巴斯 巴但
花ㄏㄨㄚ樣ㄧㄤˋ	corak 作拉
顏ㄧㄢˊ色ㄙㄜˋ	warna 哇那
款ㄎㄨㄢˇ式ㄕˋ	model 模德
品ㄆㄧㄣˇ牌ㄆㄞˊ	merek 摸勒
這ㄓㄜˋ種ㄓㄨㄥˇ	jenis ini 之尼斯 衣尼
剩ㄕㄥˋ下ㄒㄧㄚˋ	sisa 西沙
賣ㄇㄞˋ光ㄍㄨㄤ	habis terjual 哈比斯 得朱阿

中文 & 注音符號	印尼文 & 拼音
更ㄍㄥ換ㄏㄨㄢ	menukar 摸怒嘎
收ㄕㄡ據ㄐㄩ	tanda terima 但搭 得里媽
修ㄒㄧㄡ改ㄍㄞ	memperbaiki 門撥巴衣哥衣
打ㄉㄚ折ㄓㄜ	diskon 地斯鍋恩
拍ㄆㄞ賣ㄇㄞ	obral 喔巴
昂ㄤ貴ㄍㄨㄟ	mahal 媽哈
便ㄅㄧㄢ宜ㄧ	murah 母拉

2

鞋ㄒㄧㄝ子ㄗ
sepatu
使巴度

MP3-35

中文 & 注音符號	印尼文 & 拼音
拖ㄊㄨㄛ鞋ㄒㄧㄝ	sandal 山搭
皮ㄆㄧ鞋ㄒㄧㄝ	sepatu kulit 使巴度 故里
涼ㄌㄧㄤ鞋ㄒㄧㄝ	sandal 山搭
高ㄍㄠ跟ㄍㄣ鞋ㄒㄧㄝ	sepatu tumit tinggi 使巴度 都米 訂哥衣
運ㄩㄣ動ㄉㄨㄥ鞋ㄒㄧㄝ	sepatu olah raga 使巴度 喔拉 拉嘎
球ㄑㄧㄡ鞋ㄒㄧㄝ	sepatu olah raga 使巴度 喔拉 拉咖
布ㄅㄨ鞋ㄒㄧㄝ	sepatu kain 使巴度 嘎印

中文 & 注音符號	印尼文 & 拼音
平_{ㄆㄧㄥ}底_{ㄉㄧ}鞋_{ㄒㄧㄝ}	sepatu datar 使巴度 搭答
靴_{ㄒㄩㄝ}子_ㄗ	sepatu bot 使巴度 播
真_{ㄓㄣ}皮_{ㄆㄧ}	kulit asli 故里 阿斯里
人_{ㄖㄣ}工_{ㄍㄨㄥ}皮_{ㄆㄧ}	kulit buatan 故里 不阿但
鞋_{ㄒㄧㄝ}帶_{ㄉㄞ}	tali sepatu 搭里 使巴度
鞋_{ㄒㄧㄝ}墊_{ㄉㄧㄢ}	alas sepatu 阿拉斯 使巴度

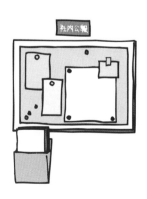

3 化粧品（ㄏㄨㄚˋ ㄓㄨㄤˋ ㄆㄧㄣˇ）

kosmetik

鍋斯摸底

MP3-36

中文 & 注音符號	印尼文 & 拼音
化粧水（ㄏㄨㄚˋ ㄓㄨㄤˋ ㄕㄨㄟˇ）	air pelembab 阿衣 撥冷巴
乳液（ㄖㄨˇ ㄧㄝˋ）	lotion 囉西用
防曬油（ㄈㄤˊ ㄕㄞˋ ㄧㄡˊ）	minyak anti matahari 米娘 安低 媽搭哈力
口紅（ㄎㄡˇ ㄏㄨㄥˊ）	lipstik 哩撥絲低
眼影（ㄧㄢˇ ㄧㄥˇ）	eye shadow 愛 使多
粉餅（ㄈㄣˇ ㄅㄧㄥˇ）	bedak padat 撥搭 趴它
粉底液（ㄈㄣˇ ㄉㄧˇ ㄧㄝˋ）	alas bedak cair 阿拉斯 撥搭 扎衣

中文 & 注音符號	印尼文 & 拼音
粉ㄈㄣˇ撲ㄆㄨ	busa bedak 不沙 撥搭
腮ㄙㄞ紅ㄏㄨㄥˊ	perona pipi 撥羅那 比比
眼ㄧㄢˇ霜ㄕㄨㄤ	krim mata 個另 媽搭
睫ㄐㄧㄝˊ毛ㄇㄠˊ膏ㄍㄠ	maskara 媽失嘎拉
眉ㄇㄟˊ筆ㄅㄧˇ	pensil alis 本西 阿里斯
指ㄓˇ甲ㄐㄧㄚˇ油ㄧㄡˊ	cat kuku 扎 故故
美ㄇㄟˇ白ㄅㄞˊ	pemutih 撥母地
防ㄈㄤˊ曬ㄕㄞˋ	anti matahari 安地 媽搭哈里
保ㄅㄠˇ濕ㄕ	pelembab 撥冷巴

中文 & 注音符號	印尼文 & 拼音
化(ㄏㄨㄚˋ)粧(ㄓㄨㄤ)品(ㄆㄧㄣˇ)	kosmetik 鍋斯摸絲底
香(ㄒㄧㄤ)水(ㄕㄨㄟˇ)	minyak wangi 米娘 王衣
古(ㄍㄨˇ)龍(ㄌㄨㄥˊ)水(ㄕㄨㄟˇ)	air kolong 阿衣 鍋龍
塗(ㄊㄨˊ)抹(ㄇㄛˇ)	melapisi 摸拉逼細
噴(ㄆㄣ)髮(ㄈㄚˇ)膠(ㄐㄧㄠ)	spray 使撥類
定(ㄉㄧㄥˋ)型(ㄒㄧㄥˊ)液(ㄧㄝˋ)	foam 否恩

134

4

蔬菜（ㄕㄨ ㄘㄞˋ）
sayur-sayuran
沙優-沙優蘭

中文 & 注音符號	印尼文 & 拼音
空（ㄎㄨㄥ）心（ㄒㄧㄣ）菜（ㄘㄞˋ）	kangkung 港公
高（ㄍㄠ）麗（ㄌㄧˋ）菜（ㄘㄞˋ）	kubis 姑批失
小（ㄒㄧㄠˇ）黃（ㄏㄨㄤˊ）瓜（ㄍㄨㄚ）	timun 地母恩
南（ㄋㄢˊ）瓜（ㄍㄨㄚ）	labu 拉不
蕃（ㄈㄢ）茄（ㄑㄧㄝˊ）	tomat 多媽
豆（ㄉㄡˋ）芽（ㄧㄚˊ）菜（ㄘㄞˋ）	tauge 到個
菠（ㄅㄛ）菜（ㄘㄞˋ）	bayam 巴煙

中文 & 注音符號	印尼文 & 拼音
小ㄒㄧㄠ白ㄅㄞ菜ㄘㄞ	kol putih 國 不地
萵ㄨㄛ苣ㄐㄩ	selada 失拉它
花ㄏㄨㄚ椰ㄧㄝ菜ㄘㄞ	bunga kol 不阿 國
芹ㄑㄧㄣ菜ㄘㄞ	seledri 失雷梯
玉ㄩ米ㄇㄧ	jagung 扎公
蘿ㄌㄨㄛ蔔ㄅㄛ	wortel 窩得
馬ㄇㄚ鈴ㄌㄧㄥ薯ㄕㄨ	kentang 跟當
大ㄉㄚ蒜ㄙㄨㄢ	bawang putih 巴王 逋地

中文 & 注音符號	印尼文 & 拼音
茄子	terung 得龍
青椒	paprika 巴比嘎
洋蔥	bombai 波恩白
地瓜	ubi 午比
香菇	jamur 扎母
蘑菇	jamur kancing 扎母 感驚
蘆筍	asparagus 阿斯巴拉固斯
竹筍	rebung 樂不恩

中文 & 注音符號	印尼文 & 拼音
辣椒 ㄌㄚˋㄐㄧㄠ	cabai 扎白
蔥 ㄘㄨㄥ	daun bawang 它問 巴王
薑 ㄐㄧㄤ˙	jahe 扎黑
蒜 ㄙㄨㄢˋ	bawang putih 巴王 逋地

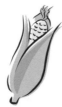

5

水果
buah-buahan
不阿-不阿含

MP3-38

中文 & 注音符號	印尼文 & 拼音
香蕉	pisang 比上
椰子	kelapa 個拉巴
西瓜	semangka 使忙嘎
木瓜	pepaya 撥巴亞
龍眼	kelengkeng / longan 哥了恩根 / 龍安
芒果	mangga 忙嘎
鳳梨	nanas 那那斯

中文 & 注音符號	印尼文 & 拼音
榴ㄌㄡˊ槤ㄌㄢˊ	durian 都里安
荔ㄌㄧˋ枝ㄓ	leci 勒機
山ㄕㄢ竹ㄓㄨˊ	manggis 忙哥衣斯
紅ㄏㄨㄥˊ毛ㄇㄠˊ丹ㄉㄢ	rambutan 蘭不但
紅ㄏㄨㄥˊ龍ㄌㄨㄥˊ果ㄍㄨㄛˇ	buah naga 不阿 那嘎
檸ㄋㄧㄥˊ檬ㄇㄥˊ	jeruk nipis 之路 尼比斯
蘋ㄆㄧㄥˊ果ㄍㄨㄛˇ	apel 阿撥
柚ㄧㄡˋ子ㄗˇ	jeruk Bali 之陸 巴里

中文 & 注音符號	印尼文 & 拼音
葡ㄆㄨ萄ㄊㄠ	anggur 骯古
楊ㄧㄤ桃ㄊㄠ	belimbing 撥林兵
梨ㄌㄧ子ㄗ	pir 比
橘ㄐㄩ子ㄗ	jeruk kepruk 之路 個不
柳ㄌㄧㄡ丁ㄉㄧㄥ	sunkist 山哥衣斯
哈ㄏㄚ密ㄇㄧ瓜ㄍㄨㄚ	melon 摸論
草ㄘㄠ莓ㄇㄟ	strawberi 使到撥里
櫻ㄧㄥ桃ㄊㄠ	ceri 之里

中文 & 注音符號	印尼文 & 拼音
奇ㄑㄧˊ異ㄧˋ果ㄍㄨㄛˇ	kiwi 哥衣午衣
水ㄕㄨㄟˇ蜜ㄇㄧˋ桃ㄊㄠˊ	peach 比斯

6

特產（ㄊㄜˋ ㄔㄢˇ）

barang khas daerah

趴嘟 嘎失 它婀拉

MP3-39

中文 & 注音符號	印尼文 & 拼音
木（ㄇㄨˋ）雕（ㄉㄧㄠ）	ukiran kayu 午哥衣蘭 嘎優
面（ㄇㄧㄢˋ）具（ㄐㄩˋ）	topeng 多崩
佛（ㄈㄛˊ）像（ㄒㄧㄤˋ）	patung buddha 巴東 不搭
銀（ㄧㄣˊ）項（ㄒㄧㄤˋ）鍊（ㄌㄧㄢˋ）	kalung perak 嘎龍 撥辣
銀（ㄧㄣˊ）戒（ㄐㄧㄝˋ）指（ㄓˇ）	cincin perak 進進 撥辣
銀（ㄧㄣˊ）手（ㄕㄡˇ）鐲（ㄓㄨㄛˊ）	gelang perak 個浪 撥辣
銀（ㄧㄣˊ）胸（ㄒㄩㄥ）針（ㄓㄣ）	bros perak 撥羅斯 撥辣

中文 & 注音符號	印尼文 & 拼音
蠟染布	kain batik 嘎印 巴底
蠟染畫	lukisan batik 路哥衣山 巴底
精油	minyak aromaterapi 米那 阿羅媽得拉比
蠟燭	lilin 里林
絲巾	syal 使亞
藤編背包	tas anyaman bambu 搭斯 安亞滿 辦不
布包	tas kain 搭斯 嘎印
風箏	layang-layang 拉樣 - 拉樣

中文 & 注音符號	印尼文 & 拼音
鑰ㄧㄠˋ匙ㄔˊ圈ㄑㄩㄢ	gantungan kunci 感東安 棍機
皮ㄆㄧˊ影ㄧㄥˇ人ㄖㄣˊ偶ㄡˇ	wayang kulit 哇樣 故里

我覺得很累

沙亞 麼拉沙 商阿 扎ㄅ

中文 & 注音符號	印尼文 & 拼音
項ㄒㄧㄤˋ 鍊ㄌㄧㄢˋ	kalung 嘎龍
耳ㄦˇ 環ㄏㄨㄢˊ	anting-anting 安訂 - 安訂
手ㄕㄡˇ 環ㄏㄨㄢˊ	gelang tangan 個浪 當安
手ㄕㄡˇ 鍊ㄌㄧㄢˋ	rantai tangan 蘭代 當安
戒ㄐㄧㄝˋ 指ㄓˇ	cincin 進進
墜ㄓㄨㄟˋ 子ㄗ˙	liontin 里喔恩定
珍ㄓㄣ 珠ㄓㄨ	mutiara 母底阿拉

146

中文 & 注音符號	印尼文 & 拼音
翡翠ㄈㄟˇㄘㄨㄟˋ	permata jed 撥媽搭 之
玉器ㄩˋㄑㄧˋ	giok 哥衣喔
象牙ㄒㄧㄤˋㄧㄚˊ	gading gajah 嘎訂 嘎扎
黃金ㄏㄨㄤˊㄐㄧㄣ	emas 喔媽斯
銀ㄧㄣˊ	perak 撥辣
白金ㄅㄞˊㄐㄧㄣ	platina 撥拉低那
鑽石ㄗㄨㄢˋㄕˊ	berlian 撥里安
紅寶石ㄏㄨㄥˊㄅㄠˇㄕˊ	rubi 路比
藍寶石ㄌㄢˊㄅㄠˇㄕˊ	safir 沙非衣

美ㄇㄟˇ食ㄕˊ篇ㄆㄧㄢ

makanan

媽嘎難

1

點㆙心㆒
makanan ringan
媽嘎難 令安

MP3-41

中文 & 注音符號	印尼文 & 拼音
椰㆒子㆒餡㆒餅㆒	keripik kelapa 個里必 個拉巴
香㆒蕉㆒餡㆒餅㆒	keripik pisang 個里必 比上
千㆒層㆒糕㆒	kue lapis 故喔 拉比斯
椰㆒子㆒米㆒糕㆒	pulut kelapa 逮嚕 個拉巴
蝦㆒餅㆒	kerupuk udang 個路不 午當
魚㆒餅㆒	kerupuk ikan 個路不 衣敢
煎㆒餅㆒	keripik 個里必

150

中文 & 注音符號	印尼文 & 拼音
糯米粽	bakcang 爸長
椰子糖	permen kelapa 撥門 個拉巴
西米露	sagu 沙故
椰奶布丁	puding kelapa 不訂 個拉巴
黑米布丁	puding beras hitam 不訂 撥拉斯 嘻但
甜湯圓	kuah ondel 故阿 喔恩得

中文 & 注音符號	印尼文 & 拼音
牛ㄋㄧㄡˊ肉ㄖㄡˋ乾ㄍㄢ	dendeng 登等
椰ㄧㄝˊ乾ㄍㄢ	kelapa kering 個拉巴 個另
鹹ㄒㄧㄢˊ魚ㄩˊ	ikan asin 衣敢 阿新
蜜ㄇㄧˋ餞ㄐㄧㄢˋ	manisan 媽逆善
烤ㄎㄠˇ牛ㄋㄧㄡˊ肉ㄖㄡˋ丸ㄨㄢˊ	panggang bakso sapi 幫港 巴碩 沙比

2

西式點心
makanan ringan ala barat
媽嘎難 令安 阿拉 巴拉

中文＆注音符號	印尼文＆拼音
麵包	roti 羅底
吐司	roti tawar 羅底 搭哇
鬆餅	wafel 哇喝
三明治	roti sandwich 羅底 三維士
餅乾	biskuit 比斯故意
披薩	pizza 比斯扎
甜甜圈	donat 多那

PART 6

中文&注音符號	印尼文&拼音
提ㄊㄧˊ拉ㄌㄚ米ㄇㄧˇ蘇ㄙㄨ	tiramisu 底拉米書
蛋ㄉㄢˋ糕ㄍㄠ	cake 各
起ㄑㄧˇ司ㄙ蛋ㄉㄢˋ糕ㄍㄠ	cake keju 各 個朱
水ㄕㄨㄟˇ果ㄍㄨㄛˇ蛋ㄉㄢˋ糕ㄍㄠ	cake buah 各 不阿
巧ㄑㄧㄠˇ克ㄎㄜˋ力ㄌㄧˋ蛋ㄉㄢˋ糕ㄍㄠ	cake coklat 各 左嘎
布ㄅㄨˋ丁ㄉㄧㄥ	puding 不訂
果ㄍㄨㄛˇ凍ㄉㄨㄥˋ	agar-agar 阿嘎 - 阿嘎
蛋ㄉㄢˋ塔ㄊㄚˇ	egg tart 耶各搭

中文 & 注音符號	印尼文 & 拼音
洋芋片	keripik kentang 個里比 跟當
巧克力	coklat 左嘎
冰淇淋	es krim 喔斯 個另
爆米花	pop corn 播 鍋恩
口香糖	permen karet 撥門 嘎勒
熱狗	hotdog 活多

3

快餐類
ㄎㄨㄞˋ ㄘㄢ ㄌㄟˋ

makanan cepat saji

媽嘎難 之巴 沙機

MP3-43

中文 & 注音符號	印尼文 & 拼音
炸雞腿 ㄓㄚˋ ㄐㄧ ㄊㄨㄟˇ	goreng paha ayam 鍋冷 巴哈 阿煙
烤雞腿 ㄎㄠˇ ㄐㄧ ㄊㄨㄟˇ	panggang paha ayam 幫港 巴哈 阿煙
炸薯條 ㄓㄚˋ ㄕㄨˇ ㄊㄧㄠˊ	kentang goreng 跟當 鍋冷
炸薯餅 ㄓㄚˋ ㄕㄨˇ ㄅㄧㄥˇ	hash brown 黑司 不龍
漢堡 ㄏㄢˋ ㄅㄠˇ	hambuger 漢不個
雞塊 ㄐㄧ ㄎㄨㄞˋ	potongan ayam (nuget) 波多安 阿煙（那給）
生菜沙拉 ㄕㄥ ㄘㄞˋ ㄕㄚ ㄌㄚ	salad sayur 沙拉 殺又
玉米濃湯 ㄩˋ ㄇㄧˇ ㄋㄨㄥˊ ㄊㄤ	sop jagung 碩 扎公

中文 & 注音符號	印尼文 & 拼音
烤ㄎㄠ香ㄒㄧㄤ腸ㄔㄤ	sosis panggang 碩西司 幫港
雞ㄐㄧ腿ㄊㄨㄟ飯ㄈㄢ	nasi paha ayam 那西 巴哈 阿煙
烤ㄎㄠ豬ㄓㄨ肉ㄖㄡ飯ㄈㄢ	nasi babi panggang 那西 巴比 幫港
培ㄆㄟ根ㄍㄣ	bacon 巴鍋恩
火ㄏㄨㄛ腿ㄊㄨㄟ	ham 漢
炒ㄔㄠ蛋ㄉㄢ	goreng telur 鍋冷 得路
便ㄅㄧㄢ當ㄉㄤ	nasi kotak 那西 鍋搭
泡ㄆㄠ麵ㄇㄧㄢ	mie instant 米 因失但
稀ㄒㄧ飯ㄈㄢ	bubur 不部

4

印ᴵ尼ᴵ菜ㄘㄞ

masakan Indonesia

媽沙敢 印多呢西亞

MP3-44

中文 & 注音符號	印尼文 & 拼音
炸ㄓㄚˋ香ㄒㄧㄤ蕉ㄐㄧㄠ	pisang goreng 比上 鍋冷
雜ㄗㄚˊ拌ㄅㄢˋ	gado-gado 嘎多 - 嘎多
沙ㄕㄚ爹ㄉㄧㄝ雞ㄐㄧ肉ㄖㄡ	sate daging ayam 沙得 搭耕 阿煙
沙ㄕㄚ爹ㄉㄧㄝ牛ㄋㄧㄡ肉ㄖㄡ	sate daging sapi 沙得 搭耕 沙比
沙ㄕㄚ爹ㄉㄧㄝ羊ㄧㄤ肉ㄖㄡ	sate daging kambing 沙得 搭耕 感兵
烤ㄎㄠ乳ㄖㄨˇ豬ㄓㄨ	babi panggang 巴比 幫港
椰ㄧㄝ汁ㄓ咖ㄎㄚ哩ㄌㄧ雞ㄐㄧ	kari ayam 嘎里 阿煙

中文 & 注音符號	印尼文 & 拼音
烤ㄎㄠˇ鴨ㄧㄚ	bebek panggang 撥撥 幫港
烤ㄎㄠˇ魚ㄩˊ	ikan panggang 衣感 幫港
烤ㄎㄠˇ雞ㄐㄧ	ayam panggang 阿煙 幫港
烤ㄎㄠˇ龍ㄌㄨㄥˊ蝦ㄒㄧㄚ	lobster panggang 羅斯得 幫港
炸ㄓㄚˋ魚ㄩˊ	ikan goreng 衣感 鍋冷
炒ㄔㄠˇ蝦ㄒㄧㄚ子ㄗˇ	tumis udang 都米斯 午當
清ㄑㄧㄥ蒸ㄓㄥ螃ㄆㄤˊ蟹ㄒㄧㄝˋ	kepiting rebus 個比訂 勒不斯
炒ㄔㄠˇ飯ㄈㄢˋ	nasi goreng 那西 鍋冷
咖ㄎㄚ哩ㄌㄧˇ雞ㄐㄧ飯ㄈㄢˋ	nasi kari ayam 那西 嘎里 阿煙

中文 & 注音符號	印尼文 & 拼音
炒河粉	**kuetiau goreng** 故喔調 鍋冷
炒米粉	**bihun goreng** 比混 鍋冷
炒麵	**mie goreng** 米 鍋冷
河粉湯	**kuetiau kuah** 故喔調 故阿
米粉湯	**bihun kuah** 比混 故阿
湯麵	**mie kuah** 米 故阿
炒空心菜	**tumis kangkung** 都米斯 港公
雞湯	**sop ayam** 碩 阿燕

5 異國料理

masakan berbagai negara

媽沙感 撥巴該 呢嘎拉

MP3-45

中文 & 注音符號	印尼文 & 拼音
法國菜	masakan Prancis 媽沙感 撥蘭機斯
義大利菜	masakan Itali 媽沙感 義大利
中國菜	masakan Chinese 媽沙感 在尼斯
廣東菜	masakan cantonese 媽沙感 感多尼斯
日本菜 （料理）	masakan Jepang 媽沙感 之幫
韓國菜	masakan korea 媽沙感 鍋勒亞
義大利麵	mie itali 米 義大利

中文 & 注音符號	印尼文 & 拼音
牛排	bistik sapi 比斯底 沙比
豬排	bistik babi 比斯底 巴比
雞排	bistik ayam 比斯底 阿煙
意大利麵	mie itali 米 義大利
拉麵	mie tarik 米 搭力
水餃	pangsit 幫西
火鍋	steamboat 使訂播

6 肉類(ロウㄌㄟˋ)

jenis-jenis daging
之尼斯-之尼斯 搭耕

MP3-46

中文 & 注音符號	印尼文 & 拼音
雞(ㄐㄧ)肉(ㄖㄡˋ)	daging ayam 搭耕 阿煙
雞(ㄐㄧ)翅(ㄔˋ)膀(ㄅㄤˇ)	sayap ayam 沙亞 阿煙
雞(ㄐㄧ)腿(ㄊㄨㄟˇ)	paha ayam 巴哈 阿煙
雞(ㄐㄧ)爪(ㄓㄨㄚˇ)	cakar ayam 扎嘎 阿煙
雞(ㄐㄧ)皮(ㄆㄧˊ)	kulit ayam 故里 阿煙
雞(ㄐㄧ)毛(ㄇㄠˊ)	bulu ayam 不路 阿煙
雞(ㄐㄧ)頭(ㄊㄡˊ)	kepala ayam 個巴拉 阿煙

中文 & 注音符號	印尼文 & 拼音
雞ㄐㄧ脖ㄅㄛ子ㄗ	leher ayam 勒和 阿煙
雞ㄐㄧ肝ㄍㄢ	hati ayam 哈地 阿煙
雞ㄐㄧ蛋ㄉㄢ	telur ayam 得路 阿煙
鴨ㄚ肉ㄖㄡ	daging bebek 搭耕 撥撥
鴨ㄚ肝ㄍㄢ	hati bebek 哈地 撥撥
鴨ㄚ舌ㄕㄜ	lidah bebek 里搭 撥撥
鴨ㄚ掌ㄓㄤ	cakar bebek 扎嘎 撥撥
豬ㄓㄨ肉ㄖㄡ	daging babi 搭耕 巴比
豬ㄓㄨ肝ㄍㄢ	hati babi 哈地 巴比

中文 & 注音符號	印尼文 & 拼音
豬ㄓㄨ 心ㄒㄧㄣ	jantung babi 沾東 巴比
豬ㄓㄨ 腎ㄕㄣ	ginjal babi 哥衣恩扎 巴比
大ㄉㄚ 腸ㄔㄤ	usus besar 午書斯 撥沙
豬ㄓㄨ 腳ㄐㄧㄠ	kaki babi 嘎哥衣 巴比
豬ㄓㄨ 骨ㄍㄨ	tulang babi 都浪 巴比
五ㄨ 花ㄏㄨㄚ 肉ㄖㄡ	daging yang berlemak 搭耕 樣 撥勒媽
里ㄌㄧ 肌ㄐㄧ 肉ㄖㄡ	daging tidak berlemak 搭耕 底答 撥勒媽
牛ㄋㄧㄡ 肉ㄖㄡ	daging sapi 搭耕 沙比
牛ㄋㄧㄡ 尾ㄨㄟ 巴ㄅㄚ	ekor sapi 喔鍋 沙比

中文 & 注音符號	印尼文 & 拼音
牛ㄋㄧㄡˊ筋ㄐㄧㄣ	urat sapi 午辣 沙比
牛ㄋㄧㄡˊ胃ㄨㄟˋ	babat sapi 巴爸 沙比
羊ㄧㄤˊ肉ㄖㄡˋ	daging kambing 搭耕 感兵
羊ㄧㄤˊ排ㄆㄞˊ	bistik daging kambing 比斯底 搭耕 感兵

7

海鮮 ㄏㄞˇㄒㄧㄢ

seafood
西負

MP3-47

中文 & 注音符號	印尼文 & 拼音
鱈ㄒㄩㄝˊ魚ㄩˊ	ikan salju 衣敢 沙朱
鯉ㄌㄧˇ魚ㄩˊ	ikan gurami 衣敢 故拉米
鯽ㄐㄧˋ魚ㄩˊ	ikan telur 衣敢 得路
鱸ㄌㄨˊ魚ㄩˊ	ikan siakap 衣敢 西阿嘎
鮪ㄨㄟˇ魚ㄩˊ	ikan tuna 衣敢 都那
鮭ㄍㄨㄟ魚ㄩˊ	ikan salmon 衣敢 沙模恩
鱔ㄕㄢˋ魚ㄩˊ	belut 撥路

PART 6

中文 & 注音符號	印尼文 & 拼音
鰻ㄇㄢˊ魚ㄩˊ	belut 撥陸
鯛ㄉㄧㄠ魚ㄩˊ	sejenis ikan laut 使之尼斯 衣敢 拉午
鯊ㄕㄚ魚ㄩˊ	ikan hiu 衣敢 嘻午
虱ㄕ目ㄇㄨˋ魚ㄩˊ	ikan bandeng 衣敢 班等
白ㄅㄞˊ帶ㄉㄞˋ魚ㄩˊ	ikan tali putih 衣敢 搭里 不地
秋ㄑㄧㄡ刀ㄉㄠ魚ㄩˊ	ikan pisau 衣敢 比燒
沙ㄕㄚ丁ㄉㄧㄥ魚ㄩˊ	ikan sarden 衣敢 沙等
青ㄑㄧㄥ花ㄏㄨㄚ魚ㄩˊ	ikan air tawar 衣敢 阿衣 搭哇
石ㄕˊ斑ㄅㄢ魚ㄩˊ	ikan kerapuh 衣敢 個拉不
鮑ㄅㄠˋ魚ㄩˊ	abalon 阿巴論

中文 & 注音符號	印尼文 & 拼音
魷ㄧㄡˊ魚ㄩˊ	sotong 朔懂
蝦ㄒㄧㄚ子ㄗˇ	udang 午當
龍ㄌㄨㄥˊ蝦ㄒㄧㄚ	lobster 羅斯得
蝦ㄒㄧㄚ仁ㄖㄣˊ	daging udang 搭耕 午當
明ㄇㄧㄥˊ蝦ㄒㄧㄚ	udang gala 午當 咖拉
蛤ㄍㄜˊ蜊ㄌㄧˊ	kerang 個浪
海ㄏㄞˇ螺ㄌㄨㄛˊ	siput 西不
干ㄍㄢ貝ㄅㄟˋ	pulut panggang 不路 幫港
墨ㄇㄛˋ魚ㄩˊ	cumi-cumi 朱米 - 朱米

8

食ㄕ品ㄆㄧㄣ雜ㄗㄚ貨ㄏㄨㄛ

barang-barang kelontong

巴浪-巴浪 個論懂

中文 & 注音符號	印尼文 & 拼音
糖ㄊㄤ	gula 故拉
黑ㄏㄟ糖ㄊㄤ	gula hitam 故拉 嘻但
冰ㄅㄧㄥ糖ㄊㄤ	gula batu 故拉 巴度
方ㄈㄤ糖ㄊㄤ	gula kotak 故拉 鍋搭
鹽ㄧㄢ巴ㄅㄚ	garam 嘎爛
醬ㄐㄧㄤ油ㄧㄡ	kecap 個扎
味ㄨㄟ精ㄐㄧㄥ	micin 咪進
醋ㄘㄨ	cuka 朱嘎

中文 & 注音符號	印尼文 & 拼音
辣ㄌㄚˋ椒ㄐㄧㄠ醬ㄐㄧㄤˋ	**sambal cabai** 山巴 扎百
胡ㄏㄨˊ椒ㄐㄧㄠ粉ㄈㄣˇ	**bubuk merica** 不部 摸里扎
蝦ㄒㄧㄚ醬ㄐㄧㄤˋ	**belacan** 撥拉站
魚ㄩˊ露ㄌㄨˋ	**kecap ikan** 個扎 衣敢
椰ㄧㄝˊ奶ㄋㄞˇ	**santan** 山但
咖ㄎㄚ哩ㄌㄧ	**kari** 嘎里
香ㄒㄧㄤ料ㄌㄧㄠˋ	**penyedap rasa** 撥呢搭 拉沙
肉ㄖㄡˋ桂ㄍㄨㄟˋ	**kayu manis** 嘎又 媽逆失
豆ㄉㄡˋ蔻ㄎㄡˋ	**tausi** 到西
蕃ㄈㄢ茄ㄑㄧㄝˊ醬ㄐㄧㄤˋ	**saus tomat** 沙午斯 多媽

中文 & 注音符號	印尼文 & 拼音
沙拉醬 （美乃滋）	meyones 媽優乃斯
芥末	wasabi 哇沙比
芝麻	wijen 午衣珍
果醬	selai buah 使來 不阿
草莓果醬	selai strawberi 使來 使到撥里
花生醬	selai kacang 使來 嘎長
奶油	mentega 們得嘎
起司	keju 個朱
奶精	krim susu 個林 書書
黑胡椒醬	saus lada hitam 沙午斯 拉搭 嘻但

中文 & 注音符號	印尼文 & 拼音
蘑ㄇㄛˊ菇ㄍㄨ醬ㄐㄧㄤˋ	saus jamur 沙午斯 扎母
蜂蜜ㄇㄧˋ	madu 媽都
麻ㄇㄚˊ油ㄧㄡˊ	minyak wijen 米尼阿 午衣珍
花ㄏㄨㄚ生ㄕㄥ油ㄧㄡˊ	minyak kacang 米尼阿 嘎張
沙ㄕㄚ拉ㄌㄚ油ㄧㄡˊ	minyak salad 米尼阿 沙拉
橄ㄍㄢˇ欖ㄌㄢˇ油ㄧㄡˊ	minyak zaitun 米尼阿 在敦
米ㄇㄧˇ	beras 撥拉斯
太ㄊㄞˋ白ㄅㄞˊ粉ㄈㄣˇ	tepung kanji 得不恩 乾企
糯ㄋㄨㄛˋ米ㄇㄧˇ	ketan 個但
麵ㄇㄧㄢˋ粉ㄈㄣˇ	tepung terigu 得不恩 得哩故

PART 6

173

中文 & 注音符號	印尼文 & 拼音
罐頭	kalengan 嘎冷安
麵條	mie 米
粉絲 （冬粉）	sohun 朔混
煉乳	susu kental 書書 跟搭
茶葉	daun teh 搭午恩 得
麥片	gandum 敢懂
玉米片	keripik jagung 個里比 扎公

9

飲ー料ㄌㄧㄠˋ

minuman

米怒慢

中文 & 注音符號	印尼文 & 拼音
白ㄅㄞˊ開ㄎㄞ水ㄕㄨㄟˇ	air putih 阿衣 不底
熱ㄖㄜˋ開ㄎㄞ水ㄕㄨㄟˇ	air panas 阿衣 巴那斯
礦ㄎㄨㄤˋ泉ㄑㄩㄢˊ水ㄕㄨㄟˇ	air mineral 阿衣 米呢拉
紅ㄏㄨㄥˊ茶ㄔㄚˊ	teh merah 得 摸拉
奶ㄋㄞˇ茶ㄔㄚˊ	teh susu 得 書書
咖ㄎㄚ啡ㄈㄟ	kopi 鍋比
牛ㄋㄧㄡˊ奶ㄋㄞˇ	susu 書書

PART 6

中文 & 注音符號	印尼文 & 拼音
優ㄧㄡ酪ㄌㄠˋ乳ㄖㄨˇ（酸ㄙㄨㄢ奶ㄋㄞˇ）	yogut(susu yang diasamkan) 優故（書書 樣 底阿山敢）
可ㄎㄜˇ可ㄎㄜˇ亞ㄧㄚˋ	cocoa 鍋鍋阿
冰ㄅㄧㄥ紅ㄏㄨㄥˊ茶ㄔㄚˊ	es teh merah 喔斯 得 摸拉
冰ㄅㄧㄥ奶ㄋㄞˇ茶ㄔㄚˊ	es teh susu 喔斯 得 書書
冰ㄅㄧㄥ咖ㄎㄚ啡ㄈㄟ	kopi dingin 鍋比 定印
熱ㄖㄜˋ紅ㄏㄨㄥˊ茶ㄔㄚˊ	teh panas 得 巴那斯
熱ㄖㄜˋ奶ㄋㄞˇ茶ㄔㄚˊ	teh susu panas 得 書書 巴那斯
熱ㄖㄜˋ咖ㄎㄚ啡ㄈㄟ	kopi panas 鍋比 巴那斯
茉ㄇㄛˋ莉ㄌㄧˋ花ㄏㄨㄚ茶ㄔㄚˊ	teh jasmin 得 扎斯民

中文＆注音符號	印尼文＆拼音
椰（ㄧㄝ）子（ㄗ˙）汁（ㄓ）	air kelapa 阿衣 個拉巴
柳（ㄌㄧㄡ）橙（ㄔㄥ）汁（ㄓ）	jus jeruk 朱斯 之陸
西（ㄒㄧ）瓜（ㄍㄨㄚ）汁（ㄓ）	jus semangka 朱斯 使忙嘎
檸（ㄋㄧㄥ）檬（ㄇㄥ）汁（ㄓ）	jus jeruk nipis 朱斯 之陸 尼比斯
蘋（ㄆㄧㄥ）果（ㄍㄨㄛ）汁（ㄓ）	jus apel 朱斯 阿撥
蕃（ㄈㄢ）茄（ㄑㄧㄝ）汁（ㄓ）	jus tomat 朱斯 多媽
汽（ㄑㄧ）水（ㄕㄨㄟ）	air soda 阿衣 朔搭
可（ㄎㄜ）樂（ㄌㄜ）	coca cola 鍋嘎 鍋拉
雪（ㄒㄩㄝ）碧（ㄅㄧ）	sprite 使比

中文 & 注音符號	印尼文 & 拼音
啤ㄆㄧˊ酒ㄐㄧㄡˇ	bir 比
葡ㄆㄨˊ萄ㄊㄠˊ酒ㄐㄧㄡˇ	arak anggur 阿拉 骯故
威ㄨㄟ士ㄕˋ忌ㄐㄧˋ	wiski 午衣斯哥衣
香ㄒㄧㄤ檳ㄅㄧㄣ	sampanye 山巴呢
白ㄅㄞˊ蘭ㄌㄢˊ地ㄉㄧˋ	brandi 半地
伏ㄈㄨˊ特ㄊㄜˋ加ㄐㄧㄚ	vodka 否嘎

交ㄐㄧㄠ通ㄊㄨㄥ篇ㄆㄧㄢ

transportasi

但斯播搭西

1 建築物 bangunan 巴故南

MP3-50

中文 & 注音符號	印尼文 & 拼音
銀行	bank 邦
飯店	hotel 貨得
餐廳	restoran 勒斯多爛
機場	bandara 半搭拉
醫院	rumah sakit 路媽 沙哥衣
圖書館	perpustakaan 撥不斯搭嘎安
博物館	museum 母使午恩

中文 & 注音符號	印尼文 & 拼音
警察局 ㄐㄧㄥ ㄔㄚˊ ㄐㄩˊ	kantor polisi 敢多 播里西
郵局 ㄧㄡˊ ㄐㄩˊ	kantor pos 敢多 播斯
車站 ㄔㄜ ㄓㄢˋ	stasiun bus 使搭西恩 必斯
學校 ㄒㄩㄝˊ ㄒㄧㄠˋ	sekolah 使鍋拉
公司 ㄍㄨㄥ ㄙ	perusahaan 撥路沙哈安
公寓 ㄍㄨㄥ ㄩˋ	apartemen 阿趴的悶
電信局 ㄉㄧㄢˋ ㄒㄧㄣˋ ㄐㄩˊ	kantor telkom 敢多 得鍋恩
動物園 ㄉㄨㄥˋ ㄨˋ ㄩㄢˊ	kebun binatang 個不恩 比那當
公園 ㄍㄨㄥ ㄩㄢˊ	kebun 個不恩

中文 & 注音符號	印尼文 & 拼音
寺廟（ㄙˋ ㄇㄧㄠˋ）	kuil 故意
教堂（ㄐㄧㄠˋ ㄊㄤˊ）	gereja 個勒扎
電影院（ㄉㄧㄢˋ ㄧㄥˇ ㄩㄢˋ）	bioskop 比喔斯鍋
戲院（ㄒㄧˋ ㄩㄢˋ）	teater (gedung bioskop) 得阿得（哥痛 批喔失句）
咖啡館（ㄎㄚ ㄈㄟ ㄍㄨㄢˇ）	warung kopi 哇龍 鍋比
網路咖啡館（ㄨㄤˇ ㄌㄨˋ ㄎㄚ ㄈㄟ ㄍㄨㄢˇ）	warung internet 哇龍 印得呢
麵包店（ㄇㄧㄢˋ ㄅㄠ ㄉㄧㄢˋ）	toko roti 多鍋 羅地
花店（ㄏㄨㄚ ㄉㄧㄢˋ）	toko bunga 多鍋 不阿

中文 & 注音符號	印尼文 & 拼音
水水果巢店勿ㄢˋ	toko buah 多鍋 不阿
美ㄟˇ容ㄖㄨㄥˊ院ㄩㄢ	salon 沙論
書ㄕㄨ店勿ㄢˋ	toko buku 多鍋 不故
洗ㄒㄧˇ衣ㄧ店勿ㄢˋ	laundry 拉午恩地
唱ㄔㄤˋ片ㄆㄧㄢˋ行ㄏㄤˊ	perusahaan rekaman 撥路沙含安 勒嘎滿
夜ㄝˋ市ㄕˋ	pasar malam 巴沙 媽爛
便ㄅㄧㄢˋ利ㄌㄧˋ商ㄕㄤ店勿ㄢˋ	toko serba ada 多鍋 使巴 阿搭
廣ㄍㄨㄤˇ場ㄔㄤˇ	plaza 撥拉殺
游ㄧㄡˊ泳ㄩㄥˇ池ㄔˊ	kolam renang 鍋爛 勒難

PART 7

中文 & 注音符號	印尼文 & 拼音
停ㄊㄧㄥ車ㄔㄜ場ㄔㄤ	lapangan parkir 拉邦安 巴哥衣
公ㄍㄨㄥ共ㄍㄨㄥ電ㄉㄧㄢ話ㄏㄨㄚ	telepon umum 得勒播恩 午母
紅ㄏㄨㄥ綠ㄌㄩ燈ㄉㄥ	rambu lalu lintas 爛不 拉路 林搭斯

2

公車
bus
必斯

MP3-51

中文 & 注音符號	印尼文 & 拼音
冷氣公車	bus ber-AC 必斯 撥 阿之
市區公車	bus kota 必斯 鍋搭
長途巴士	bus antar kota 必斯 安搭 鍋搭
站牌	halte bus 哈得 必斯
上車	naik bus 那意 必斯
下車	turun bus 都論 必斯
乘客	penumpang 撥弄幫

PART 7

中文 & 注音符號	印尼文 & 拼音
司機	supir 書比
車掌	pegangan 撥港安
座位	tempat duduk 等巴 都度
零錢	uang receh 午骯 勒之
投錢	membayar ongkos 門巴亞 喔恩鍋斯
投幣式	pembayaran dengan koin 本巴亞爛 等安 鍋因
刷卡	pembayaran dengan kartu 本巴亞爛 等安 嘎度
公車卡	kartu bus 嘎度 必斯
買票	beli karcis 撥里 嘎機斯

中文 & 注音符號	印尼文 & 拼音
大(ㄉㄚ)人(ㄖㄣ)票(ㄆㄧㄠ)	karcis dewasa 嘎機斯 得哇沙
兒(ㄦ)童(ㄊㄨㄥ)票(ㄆㄧㄠ)	karcis anak-anak 嘎機斯 阿那 - 阿那
單(ㄉㄢ)程(ㄔㄥ)票(ㄆㄧㄠ)	tiket satu jalan 底個 沙度 渣爛
來(ㄌㄞ)回(ㄏㄨㄟ)票(ㄆㄧㄠ)	tiket pulang pergi 底個 不浪 撥<u>哥衣</u>
時(ㄕ)刻(ㄎㄜ)表(ㄅㄧㄠ)	jadwal bus 扎哇 必斯
開(ㄎㄞ)車(ㄔㄜ)時(ㄕ)間(ㄐㄧㄢ)	waktu berangkat 哇度 撥浪嘎
下(ㄒㄧㄚ)車(ㄔㄜ)按(ㄢ)鈕(ㄋㄧㄡ)	turun bus tekan bel 都論 必斯 得感 撥
頭(ㄊㄡ)班(ㄅㄢ)車(ㄔㄜ)	bus pertama 必斯 撥搭媽
末(ㄇㄛ)班(ㄅㄢ)車(ㄔㄜ)	bus terakhir 必斯 得辣嘻

中文 & 注音符號	印尼文 & 拼音
終ㄓㄨㄥ點ㄉㄧㄢˇ站ㄓㄢˋ	terminal terakhir 得米那 得辣嘻
高ㄍㄠ速ㄙㄨˋ公ㄍㄨㄥ路ㄌㄨˋ	jalan tol 扎爛 多
十ㄕˊ字ㄗˋ路ㄌㄨˋ口ㄎㄡˇ	simpang empat 新幫 恩巴
停ㄊㄧㄥˊ車ㄔㄜ	berhenti 撥很底
塞ㄙㄞ車ㄔㄜ	macet 媽之
煞ㄕㄚˋ車ㄔㄜ	rem 冷

3

計ㄐㄧˋ程ㄔㄥˊ車ㄔㄜ
taksi
搭西

MP3-52

中文 & 注音符號	印尼文 & 拼音
計ㄐㄧˋ程ㄔㄥˊ車ㄔㄜ 招ㄓㄠ呼ㄏㄨ站ㄓㄢˋ	halte taksi taksi stand 哈得 搭西 (搭西 使得恩)
空ㄎㄨㄥ車ㄔㄜ	taksi kosong 搭西 鍋送
叫ㄐㄧㄠˋ車ㄔㄜ	panggil taksi 幫哥衣 搭西
目ㄇㄨˋ的ㄉㄜ地ㄉㄧˋ	tempat tujuan 等巴 都朱安
迷ㄇㄧˊ路ㄌㄨˋ	tersesat 得使沙
怎ㄗㄣˇ樣ㄧㄤˋ走ㄗㄡˇ	bagaimana jalannya 巴該媽那 扎爛娘
沿ㄧㄢˊ著ㄓㄜ	tepi 得比

PART 7

中文 & 注音符號	印尼文 & 拼音
直ㄓˊ走ㄗㄡˇ	jalan terus 扎爛 得路斯
轉ㄓㄨㄢˇ角ㄐㄧㄠˇ處ㄔㄨˋ	tempat berbelok 等巴 撥撥落
往ㄨㄤˇ回ㄏㄨㄟˊ走ㄗㄡˇ	jalan lawan arah 扎爛 拉萬 阿拉
斜ㄒㄧㄝˊ對ㄉㄨㄟˋ面ㄇㄧㄢˋ	seberang 使撥浪
很ㄏㄣˇ遠ㄩㄢˇ	sangat jauh 傷阿 扎午
附ㄈㄨˋ近ㄐㄧㄣˋ	sekitar sini 使哥衣搭 西逆
走ㄗㄡˇ過ㄍㄨㄛˋ頭ㄊㄡˊ	kelewatan 個勒哇但
趕ㄍㄢˇ時ㄕˊ間ㄐㄧㄢ	mengejar waktu 盟喔扎 哇度
開ㄎㄞ快ㄎㄨㄞˋ點ㄉㄧㄢˇ	jalan cepat sedikit 扎爛 之巴 使底哥衣

中文 & 注音符號	印尼文 & 拼音
開慢點 ㄎㄞ ㄇㄢ ㄉㄧㄢ	jalan lambat sedikit 扎爛 爛巴 使底<u>哥衣</u>
跳表 ㄊㄧㄠ ㄅㄧㄠ	meteran 摸得爛
基本費 ㄐㄧ ㄅㄣ ㄈㄟ	tarif dasar 搭里夫 搭沙
里程表 ㄌㄧ ㄔㄥ ㄅㄧㄠ	spidometer 使比多摸得
找錢 ㄓㄠ ㄑㄧㄢ	kembalian 跟巴里安
收據 ㄕㄡ ㄐㄩ	tanda terima 但答 得里媽
遺失物品 ㄧ ㄕ ㄨ ㄆㄧㄣ	kehilangan barang 個嘻浪安 巴浪

我很高興
Saya sangat gembira.
沙亞 商阿 艮逼拉

4 地下鐵（捷運）

kereta bawah tanah(MRT)

個勒搭 巴哇 搭那(MRT)

中文 & 注音符號	印尼文 & 拼音
售票處	loket 羅個
售票機	mesin karcis 摸新 嘎機斯
買票	beli karcis 撥里 嘎機斯
退票	mengembalikan tiket 盟恩巴里敢 底個
退票處	loket pengembalian tiket 羅個 崩恩巴里安 底個
列車	kereta 個勒搭
月台	peron 撥羅恩

中文 & 注音符號	印尼文 & 拼音
車ㄔㄜ票ㄆㄧㄠ	karcis kereta 嘎機斯 個勒搭
補ㄅㄨ票ㄆㄧㄠ	menambah ongkos perjalanan (karcis) 摸難巴 喔恩鍋斯 撥扎拉難（嘎機斯）
更ㄍㄥ換ㄏㄨㄢ	menukar 摸怒嘎
轉ㄓㄨㄢ車ㄔㄜ	ganti kereta 敢底 個勒搭
搭ㄉㄚ錯ㄘㄨㄛ車ㄔㄜ	salah kereta 沙拉 個勒搭
服ㄈㄨ務ㄨ窗ㄔㄨㄤ口ㄎㄡ	loket informasi 羅個 印否媽西
車ㄔㄜ上ㄕㄤ服ㄈㄨ務ㄨ員ㄩㄢ	pelayan diatas kereta 撥拉嚴 底阿答斯 個勒搭

坐ㄗㄨㄛˋ 船ㄔㄨㄢˊ

naik kapal

那衣 嘎巴

MP3-54

中文 & 注音符號	印尼文 & 拼音
售ㄕㄡˋ票ㄆㄧㄠˋ處ㄔㄨˋ	loket karcis 羅個 嘎機斯
來ㄌㄞˊ回ㄏㄨㄟˊ船ㄔㄨㄢˊ票ㄆㄧㄠˋ	karcis kapal pulang pergi 嘎機斯 嘎巴 不浪 撥哥衣
港ㄍㄤˇ口ㄎㄡˇ	dermaga 得媽嘎
渡ㄉㄨˋ船ㄔㄨㄢˊ	kapal feri 嘎巴 飛里
快ㄎㄨㄞˋ艇ㄊㄧㄥˇ	speedboat 使比播
碼ㄇㄚˇ頭ㄊㄡˊ	pelabuhan 撥拉不含

中文 & 注音符號	印尼文 & 拼音
堤ㄊㄧ防ㄈㄤ	tanggul 當故
燈ㄉㄥ塔ㄊㄚ	mercu suar 摸朱 書阿
離ㄌㄧ港ㄍㄤ時ㄕ間ㄐㄧㄢ	jam meninggalkan pelabuhan 站 摸寧嘎敢 撥拉不含
入ㄖㄨ港ㄍㄤ時ㄕ間ㄐㄧㄢ	jam masuk pelabuhan 戰 媽書 撥拉不含
上ㄕㄤ船ㄔㄨㄢ	naik kapal 那意 嘎巴
下ㄒㄧㄚ船ㄔㄨㄢ	turun kapal 都論 嘎巴
航ㄏㄤ線ㄒㄧㄢ	rute kapal 路得 嘎巴
甲ㄐㄧㄚ板ㄅㄢ	geladak 個拉搭
船ㄔㄨㄢ頭ㄊㄡ	haluan 哈路安

中文＆注音符號	印尼文＆拼音
船尾ㄔㄨㄢˊㄨㄟˇ	buritan 不里但
暈船ㄩㄣˋㄔㄨㄢˊ	mabuk laut 媽不 拉午
船上服務ㄔㄨㄢˊㄕㄤˋㄈㄨˊㄨˋ	pelayanan diatas kapal 撥拉亞南 底阿答斯 嘎巴
船長ㄔㄨㄢˊㄓㄤˇ	kapten kapal 嘎等 嘎巴
船員ㄔㄨㄢˊㄩㄢˊ	awak kapal 阿哇 嘎巴
救生衣ㄐㄧㄡˋㄕㄥㄧ	baju penyelamat 巴朱 撥呢拉媽

6

租車子（ㄗㄨ ㄔㄜ ㄗ）

sewa mobil

使哇 模比

MP3-55

PART 7

中文 & 注音符號	印尼文 & 拼音
費用（ㄈㄟ ㄩㄥ）	ongkos 喔恩鍋斯
租金（ㄗㄨ ㄐㄧㄣ）	biaya sewa 比亞阿 使哇
手排（ㄕㄡ ㄆㄞ）	manual 媽怒阿
自排（ㄗ ㄆㄞ）	otomatis 喔多媽底斯
速度（ㄙㄨ ㄉㄨ）	kecepatan 個之巴但
安全帶（ㄢ ㄑㄩㄢ ㄉㄞ）	sabuk pengaman 沙不 撥阿慢
交通規則（ㄐㄧㄠ ㄊㄨㄥ ㄍㄨㄟ ㄗㄜ）	peraturan lalu lintas 撥拉都爛 拉路 林搭斯

中文 & 注音符號	印尼文 & 拼音
車種 （ㄔㄜ ㄓㄨㄥ）	jenis mobil 之尼斯 模比
總店 （ㄗㄨㄥ ㄉㄧㄢ）	toko pusat 多鍋 不沙
加油站 （ㄐㄧㄚ ㄧㄡ ㄓㄢ）	pom bensin 播恩 本新
還車 （ㄏㄞ ㄔㄜ）	mengembalikan mobil 盟恩巴里敢 模比

謝謝你送的禮物
Terima kasih atas kadonya.
的哩媽 嘎西 阿搭斯 嘎多娘

哪裡，不客氣
Tidak usah segan.
低答 屋沙 生安

娛樂活動篇

hiburan

嬉不爛

1 逛ㄍㄨㄤ百ㄅㄞ貨ㄏㄨㄛ公ㄍㄨㄥ司ㄙ

jalan-jalan ke mall

扎爛-扎爛 個 罵

中文 & 注音符號	印尼文 & 拼音
女ㄋㄩ鞋ㄒㄧㄝ部ㄅㄨ	bagian sepatu wanita 巴哥衣安 使巴度 哇尼搭
化ㄏㄨㄚ妝ㄓㄨㄤ品ㄆㄧㄣ專ㄓㄨㄢ櫃ㄍㄨㄟ	bagian kosmetik 巴哥衣安 鍋斯摸帝
飾ㄕ品ㄆㄧㄣ	perhiasan 撥 嘻阿山
淑ㄕㄨ女ㄋㄩ服ㄈㄨ裝ㄓㄨㄤ	pakaian wanita dewasa 巴該安 哇尼搭 得哇沙
紳ㄕㄣ士ㄕ服ㄈㄨ裝ㄓㄨㄤ	pakaian pria dewasa 巴該安 比亞 得哇沙
童ㄊㄨㄥ裝ㄓㄨㄤ	baju anak kecil 巴朱 阿那 個記
少ㄕㄠ女ㄋㄩ服ㄈㄨ裝ㄓㄨㄤ	pakaian gadis remaja 巴該安 嘎底斯 勒媽扎

中文 & 注音符號	印尼文 & 拼音
運ㄩㄣˋ動ㄉㄨㄥˋ用ㄩㄥˋ品ㄆㄧㄣˇ	peralatan olah raga 撥拉拉但 喔拉 拉嘎
精ㄐㄧㄥ品ㄆㄧㄣˇ部ㄅㄨˋ	bagian cinderamata 巴哥衣安 進得拉媽搭
玩ㄨㄢˊ具ㄐㄩˋ部ㄅㄨˋ	bagian mainan anak-anak 巴哥衣安 媽衣難 阿那 - 阿那
電ㄉㄧㄢˋ器ㄑㄧˋ用ㄩㄥˋ品ㄆㄧㄣˇ部ㄅㄨˋ	bagian peralatan elektronik 巴哥衣安 撥拉拉但 喔勒多尼
寢ㄑㄧㄣˇ具ㄐㄩˋ部ㄅㄨˋ	bagian peralatan tidur 巴哥衣安 撥拉拉但 低吐
鞋ㄒㄧㄝˊ子ㄗˇ部ㄅㄨˋ	bagian sepatu 巴哥衣安 使巴度
特ㄊㄜˋ賣ㄇㄞˋ場ㄔㄤˇ	bagian diskon 巴哥衣安 底斯鍋恩
孕ㄩㄣˋ婦ㄈㄨˋ用ㄩㄥˋ品ㄆㄧㄣˇ	bagian perlengkapan ibu hamil 巴哥衣安 撥冷嘎半 衣不 哈米

MP3-57

中文 & 注音符號	印尼文 & 拼音
足ㄗㄨ球ㄑㄧㄡ	sepak bola 使巴 播拉
籃ㄌㄢ球ㄑㄧㄡ	basket 巴斯個
排ㄆㄞ球ㄑㄧㄡ	voli 否里
桌ㄓㄨㄛ球ㄑㄧㄡ （乒ㄆㄧㄥ乓ㄆㄤ球ㄑㄧㄡ）	tenis meja 得尼斯 摸扎
羽ㄩ毛ㄇㄠ球ㄑㄧㄡ	bulu tangkis 不路 當哥衣斯
棒ㄅㄤ球ㄑㄧㄡ	bisbol 比斯播
網ㄨㄤ球ㄑㄧㄡ	tenis 得尼斯

中文＆注音符號	印尼文＆拼音
保ㄅㄠˇ齡ㄌㄧㄥˊ球ㄑㄧㄡˊ	bowling 播另
高ㄍㄠ爾ㄦˇ夫ㄈㄨ球ㄑㄧㄡˊ	golf 鍋喝
跳ㄊㄧㄠˋ舞ㄨˇ	menari 摸那里
唱ㄔㄤˋ歌ㄍㄜ	menyanyi 摸那尼
游ㄧㄡˊ泳ㄩㄥˇ	berenang 撥勒南
溜ㄌㄧㄡ冰ㄅㄧㄥ	skating 使嘎定
滑ㄏㄨㄚˊ雪ㄒㄩㄝˇ	ski 使<u>哥</u>衣
跳ㄊㄧㄠˋ遠ㄩㄢˇ	lompat jauh 論巴 扎午
跳ㄊㄧㄠˋ高ㄍㄠ	lompat tinggi 論巴 定<u>哥</u>衣

中文 & 注音符號	印尼文 & 拼音
舉(ㄐㄩˇ)重(ㄓㄨㄥˋ)	angkat besi 骯嘎 撥西
柔(ㄖㄡˊ)道(ㄉㄠˋ)	judo 珠多
空(ㄎㄨㄥ)手(ㄕㄡˇ)道(ㄉㄠˋ)	karate 嘎拉的
跆(ㄊㄞˊ)拳(ㄑㄩㄢˊ)道(ㄉㄠˋ)	tekwando 德貫多
潛(ㄑㄧㄢˊ)水(ㄕㄨㄟˇ)	menyelam 摸呢爛
衝(ㄔㄨㄥ)浪(ㄌㄤˋ)	keseimbangan 個使印巴安
登(ㄉㄥ)山(ㄕㄢ)	mendaki gunung 門搭哥衣 故弄
釣(ㄉㄧㄠˋ)魚(ㄩˊ)	memancing 摸滿京
露(ㄌㄨˋ)營(ㄧㄥˊ)	berkemah 撥個媽

中文 & 注音符號	印尼文 & 拼音
野ㄧㄝˇ餐ㄘㄢ	piknik 必匿
烤ㄎㄠˇ肉ㄖㄡˋ	BBQ 巴比 Q
打ㄉㄚˇ獵ㄌㄧㄝˋ	berburu 撥不路
攀ㄆㄢ岩ㄧㄢˊ	mendaki 們搭哥衣
騎ㄑㄧˊ馬ㄇㄚˇ	menunggang kuda 摸弄港 故搭
賽ㄙㄞˋ車ㄔㄜ	balap mobil 巴辣 模比
跑ㄆㄠˇ步ㄅㄨˋ	lari 拉里
馬ㄇㄚˇ拉ㄌㄚ松ㄙㄨㄥ	maraton 媽拉多恩

3

看ㄎㄢˋ表ㄅㄧㄠˇ演ㄧㄢˇ

menyaksikan pertunjukan

摸那西敢 撥敦朱敢

 MP3-58

中文 & 注音符號	印尼文 & 拼音
後ㄏㄡˋ排ㄆㄞˊ座ㄗㄨㄛ位ㄟˋ	tempat duduk baris belakang 等巴 都度 巴里斯 撥拉港
前ㄑㄧㄢˊ排ㄆㄞˊ座ㄗㄨㄛ位ㄟˋ	tempat duduk baris depan 等巴 都度 巴里斯 得半
開ㄎㄞ始ㄕˇ	mulai 母來
結ㄐㄧㄝˊ束ㄕㄨˋ	selesai 使勒曬
入ㄖㄨˋ口ㄎㄡˇ	pintu masuk 兵度 媽書
出ㄔㄨ口ㄎㄡˇ	pintu keluar 兵度 個路阿
入ㄖㄨˋ場ㄔㄤˊ券ㄑㄩㄢˋ	tiket masuk arena 底個 媽樹 阿勒那

中文 & 注音符號	印尼文 & 拼音
滿ㄇㄢˇ座ㄗㄨㄛˋ	tempat duduk penuh 等巴 都度 撥怒
預ㄩˋ約ㄩㄝ	membuat janji 悶撲阿 站機
一ˊ張ㄓㄤ票ㄆㄧㄠˋ	satu karcis 沙度 嘎機斯
舞ㄨˇ蹈ㄉㄠˋ表ㄅㄧㄠˇ演ㄧㄢˇ	pertunjukan tarian 撥敦朱敢 搭里安
巴ㄅㄚ隆ㄌㄨㄥˊ舞ㄨˇ	tari barong 搭里 巴龍
劍ㄐㄧㄢˋ舞ㄨˇ	tari pedang 搭里 撥當
面ㄇㄧㄢˋ具ㄐㄩˋ舞ㄨˇ	tari topeng 搭里 多崩
克ㄎㄜˋ查ㄔㄚˊ舞ㄨˇ（猴ㄏㄡˊ舞ㄨˇ）	tari kecak 搭里 個扎
雷ㄌㄟˊ貢ㄍㄨㄥˋ舞ㄨˇ	tari legong 搭里 冷公

中文 & 注音符號	印尼文 & 拼音
皮ㄆㄧˊ影ㄧㄥˇ戲ㄒㄧˋ	wayang kulit 哇樣 故里
演ㄧㄢˇ唱ㄔㄤˋ會ㄏㄨㄟˋ	konser musik 鍋恩使 母西
音ㄧㄣ樂ㄌㄜˋ會ㄏㄨㄟˋ	orkestra 喔個斯搭
歌ㄍㄜ劇ㄐㄩˋ	opera musikal 喔撥拉 母西嘎
鋼ㄍㄤ琴ㄑㄧㄣˊ表ㄅㄧㄠˇ演ㄧㄢˇ	pertunjukan piano 撥敦朱敢 比阿諾
小ㄒㄧㄠˇ提ㄊㄧˊ琴ㄑㄧㄣˊ表ㄅㄧㄠˇ演ㄧㄢˇ	pertunjukan biola 撥敦朱敢 比喔拉
吉ㄐㄧˊ他ㄊㄚ表ㄅㄧㄠˇ演ㄧㄢˇ	pertunjukan gitar 撥敦朱敢 哥衣搭
芭ㄅㄚ蕾ㄌㄟˇ舞ㄨˇ表ㄅㄧㄠˇ演ㄧㄢˇ	pertunjukan balet 撥敦朱敢 巴勒
舞ㄨˇ台ㄊㄞˊ	pentas 本搭斯
馬ㄇㄚˇ戲ㄒㄧˋ團ㄊㄨㄢˊ	sirkus 西故斯

4 看ㄎㄢˋ電ㄉㄧㄢˋ影ㄧㄥˇ

nonton film
諾恩多恩 <u>非衣</u>冷

中文 & 注音符號	印尼文 & 拼音
排ㄆㄞˊ隊ㄉㄨㄟˋ	berbaris / antri 撥巴里斯 / 安得力
買ㄇㄞˇ票ㄆㄧㄠˋ	beli karcis 撥里 嘎機斯
預ㄩˋ售ㄕㄡˋ票ㄆㄧㄠˋ	karcis yang sudah terjual 嘎機斯 樣 書搭 得朱阿
首ㄕㄡˇ映ㄧㄥˋ	pertunjukan perdana 撥敦朱敢 撥搭那
上ㄕㄤˋ映ㄧㄥˋ	ditayangkan 地搭樣敢
黃ㄏㄨㄤˊ牛ㄋㄧㄡˊ票ㄆㄧㄠˋ（非ㄈㄟ法ㄈㄚˇ出ㄔㄨ售ㄕㄡˋ的ㄉㄜ˙電ㄉㄧㄢˋ影ㄧㄥˇ票ㄆㄧㄠˋ）	karcis gelap 嘎機斯 個辣
一ㄧ部ㄅㄨˋ電ㄉㄧㄢˋ影ㄧㄥˇ	satu film 沙度 <u>非衣</u>冷

中文 & 注音符號	印尼文 & 拼音
好好看看万	bagus 巴故斯
不好好看看万	tidak bagus 底答 巴故斯
很有名	sangat terkenal 上阿 得個那
金像獎	oscar 喔斯嘎
恐怖片	film hantu <u>非衣冷</u> 含度
文藝愛情片	film romantis <u>非衣冷</u> 羅滿底斯
動作片	film action <u>非衣冷</u> 阿西恩
記錄片	film dokumentasi <u>非衣冷</u> 多故們搭西
首映會	pesta pertunjukan perdana 撥斯搭 撥敦朱敢 撥搭那

中文 & 注音符號	印尼文 & 拼音
招_{ㄓㄠ}待_{ㄉㄞ}券_{ㄑㄩㄢ}	voucher undangan 否之 午恩當安
女_{ㄋㄩ}主_{ㄓㄨ}角_{ㄐㄧㄠ}	pemeran utama wanita 撥摸爛 午搭媽 哇尼搭
男_{ㄋㄢ}主_{ㄓㄨ}角_{ㄐㄧㄠ}	pemeran utama laki-laki 撥摸爛 午搭媽 拉哥衣-拉哥衣
學_{ㄒㄩㄝ}生_{ㄕㄥ}票_{ㄆㄧㄠ}	karcis pelajar 嘎機斯 撥拉扎
成_{ㄔㄥ}人_{ㄖㄣ}	karcis dewasa 嘎機斯 得哇沙
兒_ㄦ童_{ㄊㄨㄥ}	karcis anak-anak 嘎機斯 阿那-阿那
打_{ㄉㄚ}折_{ㄓㄜ}券_{ㄑㄩㄢ}	karcis diskon 嘎機斯 底斯鍋恩
優_{ㄧㄡ}待_{ㄉㄞ}券_{ㄑㄩㄢ}	voucher 否之
對_{ㄉㄨㄟ}號_{ㄏㄠ}入_{ㄖㄨ}座_{ㄗㄨㄛ}	duduk menurut nomor 都度 摸怒路 諾模

中文 & 注音符號	印尼文 & 拼音
禁ㄐㄧㄣˋ煙ㄧㄢ區ㄑㄩ	daerah dilarang merokok 搭喔拉 底拉浪 摸羅郭
吸ㄒㄧ煙ㄧㄢ區ㄑㄩ	daerah merokok 搭喔拉 摸羅郭
帶ㄉㄞˋ食ㄕˊ物ㄨˋ	membawa makanan 門巴哇 媽嘎南
進ㄐㄧㄣˋ去ㄑㄩ	masuk 媽樹

5

書店買書
ㄕㄨ ㄉㄧㄢˋ ㄇㄞˇ ㄕㄨ

ke toko buku beli buku

個 多鍋 不故 撥里 不故

MP3-60

中文＆注音符號	印尼文＆拼音
小說 ㄒㄧㄠˇ ㄕㄨㄛ	novel 諾喝
文學小說 ㄨㄣˊ ㄒㄩㄝˊ ㄒㄧㄠˇ ㄕㄨㄛ	novel sastra 挪喝 沙斯搭
羅曼史小說 ㄌㄨㄛˊ ㄇㄢˋ ㄕˇ ㄒㄧㄠˇ ㄕㄨㄛ	novel roman 諾喝 羅滿
傳記 ㄓㄨㄢˋ ㄐㄧˋ	biografi 比喔嘎非衣
漫畫 ㄇㄢˋ ㄏㄨㄚˋ	komik 鍋秘
報紙 ㄅㄠˋ ㄓˇ	surat kabar 書辣 嘎巴
雜誌 ㄗㄚˊ ㄓˋ	majalah 媽扎拉

中文 & 注音符號	印尼文 & 拼音
週ㄓㄡ刊ㄎㄢ	mingguan 名故安
服ㄈㄨˊ裝ㄓㄨㄤ雜ㄗㄚˊ誌ㄓˋ	majalah mode 媽扎拉 模得
八ㄅㄚ卦ㄍㄨㄚˋ雜ㄗㄚˊ誌ㄓˋ	majalah gosip 媽扎拉 鍋西
教ㄐㄧㄠ科ㄎㄜ書ㄕㄨ	buku pelajaran 不故 撥拉渣爛
工ㄍㄨㄥ具ㄐㄩˋ書ㄕㄨ	buku perkakas 不故 撥嘎嘎斯
參ㄘㄢ考ㄎㄠˇ書ㄕㄨ	buku referensi 不故 勒喝稜西
字ㄗˋ典ㄉㄧㄢˇ	kamus 嘎母斯
暢ㄔㄤˋ銷ㄒㄧㄠ書ㄕㄨ	buku terlaris 不故 得拉里斯
旅ㄌㄩˇ遊ㄧㄡˊ指ㄓˇ南ㄋㄢˊ	buku petunjuk pariwisata 不故 撥敦朱 巴里午衣沙搭

中文 & 注音符號	印尼文 & 拼音
圖書禮券	voucher perpustakaan 否之 撥不斯搭嘎安
地圖	peta 撥搭
訂購單	kertas order 個搭斯 喔得
圖書目錄	daftar isi 搭喝答 衣西
打折價格	harga diskon 哈嘎 地斯鍋恩
退貨	mengembalikan barang 盟恩巴里敢 巴浪
更換	menukar barang 摸怒嘎 巴浪
錢不夠	tidak cukup uang 底搭 朱故 午骯
計算錯誤	salah hitung 沙拉 嘻東
弄錯	kesalahan 個沙拉漢

6 租錄影帶

sewa video

使哇 非衣底喔

中文 & 注音符號	印尼文 & 拼音
身份證件	kartu identitas 嘎度 衣等地搭斯
會員卡	kartu anggota 嘎度 骯鍋搭
錄影帶	video 非衣地喔
入會費	biaya masuk anggota 比阿亞 麻樹 骯鍋搭
申請表	formulir 否母里
填寫	mengisi 盟衣西
姓名	nama 那媽

中文 & 注音符號	印尼文 & 拼音
地ㄉㄧˋ址ㄓˇ	alamat 阿拉媽
駕ㄐㄧㄚˋ照ㄓㄠˋ	SIM 新
期ㄑㄧˊ限ㄒㄧㄢˋ	batas waktu 巴搭斯 哇度
退ㄊㄨㄟˋ還ㄏㄨㄢˊ	mengembalikan 盟恩巴里敢
最ㄗㄨㄟˋ近ㄐㄧㄣˋ	akhir-akhir ini 阿嘻 - 阿嘻 衣尼
排ㄆㄞˊ行ㄒㄧㄥˊ榜ㄅㄤˇ	nominasi 諾米那西
洋ㄧㄤˊ片ㄆㄧㄢˋ	filem barat 非衣冷 巴拉

學ㄒㄩㄝˊ校ㄒㄧㄠˋ篇ㄆㄧㄢ

sekolah

失郭拉

1 上˙ㄕㄤ 學˙ㄒㄩㄝ

pergi sekolah
撥哥衣 失郭拉

MP3-62

中文 & 注音符號	印尼文 & 拼音
幼˙ㄧㄡ 稚˙ㄓ 園˙ㄩㄢ	taman kanak-kanak 搭慢 嘎那 - 嘎那
小˙ㄒㄧㄠ 學˙ㄒㄩㄝ	sekolah dasar 失鍋拉 搭沙
中˙ㄓㄨㄥ 學˙ㄒㄩㄝ	sekolah menengah pertama 失鍋拉 摸呢阿 撥搭媽
高˙ㄍㄠ 中˙ㄓㄨㄥ	sekolah menengah umum 失鍋拉 摸呢阿 屋母
大˙ㄉㄚ 學˙ㄒㄩㄝ	universitas 幽尼喝西大斯
研˙ㄧㄢ 究˙ㄐㄧㄡ 所˙ㄙㄨㄛ	master 媽斯的
博˙ㄅㄛ 士˙ㄕ	sarjana 沙扎那

中文 & 注音符號	印尼文 & 拼音
校ㄒㄧㄠˋ長ㄓㄤˇ	kepala sekolah 哥趴拉 失鍋拉
教ㄐㄧㄠˋ授ㄕㄡˋ	dosen 多生
助ㄓㄨˋ教ㄐㄧㄠˋ	asisten dosen 阿西燈 多生
講ㄐㄧㄤˇ師ㄕ	lektor 勒多
老ㄌㄠˇ師ㄕ	guru 姑路
同ㄊㄨㄥˊ學ㄒㄩㄝˊ	teman sekolah 的慢 失鍋拉
學ㄒㄩㄝˊ生ㄕㄥ	murid 母哩
班ㄅㄢ長ㄓㄤˇ	ketua kelas 哥都阿 哥拉斯
副ㄈㄨˋ班ㄅㄢ長ㄓㄤˇ	wakil ketua kelas 哇哥衣 哥都阿 哥拉斯

中文 & 注音符號	印尼文 & 拼音
幹部	kader 嘎的
糾察隊	regu penyelidik 了姑 撥呢哩地
科系	jurusan 珠路山
主修	pelajaran utama 撥拉扎爛 屋搭媽
印尼語	bahasa Indonesia 趴哈沙 印多呢西亞
英語	bahasa Inggris 趴哈沙 英個裡斯
日語	bahasa Jepang 趴哈沙 之棒
法語	bahasa Prancis 趴哈沙 撥爛機斯
數學課	kelas matematika 哥拉斯 媽的媽低嘎

中文 & 注音符號	印尼文 & 拼音
英ㄧㄥ語ㄩˇ課ㄎㄜˋ	kelas bahasa Inggris 哥拉斯 巴哈沙 英各哩斯
社ㄕㄜˋ會ㄏㄨㄟˋ課ㄎㄜˋ	kelas sosial 哥拉斯 說西阿
自ㄗˋ然ㄖㄢˊ課ㄎㄜˋ	kelas pengetahuan alam 哥拉斯 崩喔搭屋安 阿爛
美ㄇㄟˇ術ㄕㄨˋ課ㄎㄜˋ	kelas seni 哥拉斯 失匿
音ㄧㄣ樂ㄩㄝˋ課ㄎㄜˋ	kelas musik 哥拉斯 母西
體ㄊㄧˇ育ㄩˋ課ㄎㄜˋ	pelajaran olah raga 撥拉扎爛 喔拉 拉嘎
電ㄉㄧㄢˋ腦ㄋㄠˇ課ㄎㄜˋ	pelajaran komputer 撥拉扎爛 鍋恩不的
勞ㄌㄠˊ作ㄗㄨㄛˋ課ㄎㄜˋ	prakarya 撥拉嘎亞
朝ㄓㄠ會ㄏㄨㄟˋ	rapat umum 拉趴 屋母

中文 & 注音符號	印尼文 & 拼音
升旗典禮	upacara bendera 屋趴扎拉 奔的拉
早自習	mengulang pelajaran di pagi hari 盟屋浪 撥拉扎爛 低趴哥衣 哈哩
上課	masuk kelas 媽書 哥拉斯
下課	akhir pelajaran 阿衣 撥拉渣爛
午休	istirahat siang 衣斯低拉哈 西骯
打掃	membersihkan 門撥西乾
放學	pulang sekolah 不浪 失鍋拉
課本	buku pelajaran 不姑 撥拉扎爛
筆記本	catatan 扎搭但

中文 & 注音符號	印尼文 & 拼音
回ㄏㄨㄟˊ家ㄐㄧㄚ作ㄗㄨㄛˋ業ㄧㄝˋ	pekerjaan rumah 撥哥扎安 路媽
比ㄅㄧˇ賽ㄙㄞˋ	lomba 落趴
整ㄓㄥˇ潔ㄐㄧㄝˊ比ㄅㄧˇ賽ㄙㄞˋ	lomba kebersihan 落趴 哥撥西安
作ㄗㄨㄛˋ文ㄨㄣˊ比ㄅㄧˇ賽ㄙㄞˋ	lomba mengarang 落趴 盟阿浪
演ㄧㄢˇ講ㄐㄧㄤˇ比ㄅㄧˇ賽ㄙㄞˋ	lomba pidato 落趴 必搭多
園ㄩㄢˊ遊ㄧㄡˊ會ㄏㄨㄟˋ	bazar 趴扎
運ㄩㄣˋ動ㄉㄨㄥˋ會ㄏㄨㄟˋ	pekan olah raga 撥乾 喔拉 拉嘎
社ㄕㄜˋ團ㄊㄨㄢˊ	perkumpulan 撥滾不爛
暑ㄕㄨˇ假ㄐㄧㄚˇ	liburan musim panas 李不爛 母新 趴那斯

中文 & 注音符號	印尼文 & 拼音
寒假ㄏㄢˊㄐㄧㄚˋ	liburan musim dingin 李不爛 母新 頂印
溫書假ㄨㄣㄕㄨㄐㄧㄚˋ	liburan untuk persiapan ujian 李不爛 屋恩度 撥西阿半 屋機安
看書ㄎㄢˋㄕㄨ	baca buku 趴扎 不姑
考試ㄎㄠˇㄕˋ	ujian 屋機安

這些菜真好吃
Sayur ini sangat enak
沙又 一匿 商阿 婀那

2

校園 ㄒㄧㄠˋ ㄩㄢˊ

lingkungan sekolah
領公安 失郭拉

MP3-63

中文 & 注音符號	印尼文 & 拼音
校長室 ㄒㄧㄠˋ ㄓㄤˇ ㄕˋ	kantor kepala sekolah 乾多 哥趴拉 失鍋拉
教師室 ㄐㄧㄠˋ ㄕ ㄕˋ	kantor guru 乾多 姑路
輔導室 ㄈㄨˇ ㄉㄠˇ ㄕˋ	kantor bimbingan 乾多 餅必安
教室 ㄐㄧㄠˋ ㄕˋ	kelas 哥拉斯
黑板 ㄏㄟ ㄅㄢˇ	papan tulis 趴半 都哩斯
白板 ㄅㄞˊ ㄅㄢˇ	papan putih 趴半 不低
板擦 ㄅㄢˇ ㄘㄚ	penghapus papan 本哈不斯 趴半

PART 9

中文 & 注音符號	印尼文 & 拼音
粉筆	kapur 嘎不
白板筆	spidol 失必多
講台	podium 玻低恩
講桌	meja podium 摸扎 撥低恩
電腦教室	lab komputer 樂 鍋恩不的
主機	CPU CPU
伺服器	server 失喝
螢幕	layar 拉亞

中文 & 注音符號	印尼文 & 拼音
滑ㄏㄨㄚˊ鼠ㄕㄨˇ	mause 冒司
滑ㄏㄨㄚˊ鼠ㄕㄨˇ墊ㄉㄧㄢˋ	alas mause 阿拉斯 冒司
鍵ㄐㄧㄢˋ盤ㄆㄢˊ	papan tombol 趴半 多恩播
喇ㄌㄚˇ叭ㄅㄚ	speaker 失必哥
印ㄧㄣˋ表ㄅㄧㄠˇ機ㄐㄧ	printer 賓的
掃ㄙㄠˇ描ㄇㄧㄠˊ機ㄐㄧ	scanner 失哥呢
數ㄕㄨˋ據ㄐㄩˋ機ㄐㄧ	modem 摸等
網ㄨㄤˇ路ㄌㄨˋ	internet 引的呢
網ㄨㄤˇ站ㄓㄢˋ	website 屋喔曬

中文 & 注音符號	印尼文 & 拼音
入口網站	masuk website 媽書 屋喔斯曬
搜尋	pencarian 本扎哩安
病毒	virus 非衣路斯
中毒	tertular virus 的都拉 非衣路斯
電子郵件	email 衣賣兒
磁片	disket 低斯哥
光碟片	CD CD
軟體	software 收夫為
線上遊戲	permainan online 撥媽衣難 恩賴

中文 & 注音符號	印尼文 & 拼音
實ㄕˊ驗ㄧㄢˋ室ㄕˋ	lab pratikum 拉 撥拉低棍
禮ㄌㄧˇ堂ㄊㄤˊ	gedung aula /perkawinan 哥動 阿屋拉 / 撥嘎屋衣難
圖ㄊㄨˊ書ㄕㄨ館ㄍㄨㄢˇ	perpustakaan 撥不斯搭嘎安
閱ㄩㄝˋ讀ㄉㄨˊ區ㄑㄩ	daerah membaca 搭喔拉 門趴扎
借ㄐㄧㄝˋ書ㄕㄨ區ㄑㄩ	buku yang boleh dipinjam 不姑 養 玻了 低賓沾
視ㄕˋ聽ㄊㄧㄥ教ㄐㄧㄠˋ室ㄕˋ	ruang pendengaran 路骯 本的阿爛
借ㄐㄧㄝˋ書ㄕㄨ證ㄓㄥˋ	kartu pinjam buku 嘎度 丙佔 不姑
外ㄨㄞˋ借ㄐㄧㄝˋ	pinjam pulang 丙佔 不浪
歸ㄍㄨㄟ還ㄏㄞˊ	mengembalikan 門恩趴哩乾

中文 & 注音符號	印尼文 & 拼音
逾ㄩˊ期ㄑㄧ	melewati waktu 摸了哇低 哇度
警ㄐㄧㄥˇ衛ㄨㄟˋ室ㄕˋ	ruang satpam 路骯 沙班
福ㄈㄨˊ利ㄌㄧˋ社ㄕㄜˋ	koperasi 鍋撥拉西
餐ㄘㄢ廳ㄊㄧㄥ	kantin 乾丁
體ㄊㄧˇ育ㄩˋ場ㄔㄤˇ	lapangan olah raga 拉趴安 喔拉 拉嘎
操ㄘㄠ場ㄔㄤˇ	lapangan senam 拉趴安 失難
溜ㄌㄧㄡ滑ㄏㄨㄚˊ梯ㄊㄧ	papan seluncur 趴半 失論珠
宿ㄙㄨˋ舍ㄕㄜˋ	asrama 阿斯拉媽
涼ㄌㄧㄤˊ亭ㄊㄧㄥˊ	paviliun 巴非衣哩午恩

中文 & 注音符號	印尼文 & 拼音
公(ㄍㄨㄥ)佈(ㄅㄨˋ)欄(ㄌㄢˊ)	papan pengumuman 趴半 奔屋母慢
走(ㄗㄡˇ)廊(ㄌㄤˊ)	gang 剛
走(ㄗㄡˇ)道(ㄉㄠˋ)	jalan kecil 扎爛 哥機

爺爺
Kakek
嘎個

爸爸
Bapak
巴爸

媽媽
Mama
媽媽

奶奶
Nenek
呢呢

姊姊
Kakak
嘎尬

妹妹
ADIK perempuan
阿地 ㄅ了 逋安

PART 10

上班篇

pekerjaan

撥個扎安

1

公司組織

organisasi perusahaan

MP3-64

喔嘎你沙細 撥路沙哈安

中文＆注音符號	印尼文＆拼音
董事長	presiden direktur 撥了西等 低了度
總經理	direktur umum 低了度 屋母
經理	direktur 低了度
廠長	kepala pabrik 哥趴拉 趴必
課長	mandor 慢多
主任	pimpinan 餅必難
組長	kepala regu 哥趴拉 了姑

中文 & 注音符號	印尼文 & 拼音
同_{ㄊㄨㄥ}事_ㄕ	teman kerja 的慢 哥扎
職_ㄓ員_{ㄩㄢ}	pegawai 撥嘎外
秘_{ㄇㄧ}書_{ㄕㄨ}	sekretaris 失哥搭哩斯
總_{ㄗㄨㄥ}機_{ㄐㄧ}	telepon pusat 得了玻 不沙
業_{ㄧㄝ}務_ㄨ部_{ㄅㄨ}	bagian penjualan 趴哥衣安 本珠阿爛
企_{ㄑㄧ}劃_{ㄏㄨㄚ}部_{ㄅㄨ}	bagian perencanaan 趴哥衣安 撥冷扎那安
會_{ㄎㄨㄞ}計_{ㄐㄧ}部_{ㄅㄨ}	bagian akuntan 趴哥衣安 阿滾但
行_{ㄒㄧㄥ}銷_{ㄒㄧㄠ}部_{ㄅㄨ}	bagian pemasaran 趴哥衣安 撥媽沙爛
公_{ㄍㄨㄥ}關_{ㄍㄨㄢ}部_{ㄅㄨ}	humas 忽媽斯

中文 & 注音符號	印尼文 & 拼音
研_{ㄧㄢ}究_{ㄐㄧㄡ}開_{ㄎㄞ}發_{ㄈㄚ}部_{ㄅㄨ}	bagian riset dan pengembangan 趴哥衣安 哩失 單 奔恩趴安
名_{ㄇㄧㄥ}片_{ㄆㄧㄢ}	kartu nama 嘎度 那媽
工_{ㄍㄨㄥ}廠_{ㄔㄤ}	pabrik 趴必
倉_{ㄘㄤ}庫_{ㄎㄨ}	gudang 姑當
生_{ㄕㄥ}意_ㄧ	bisnis 必斯匿斯
門_{ㄇㄣ}市_ㄕ	toko 多鍋

238

2

工˧˨作˨ㄗㄨㄛˋ 環˧˪境˪ㄏㄨㄢˊㄐㄧㄥˋ

lingkungan kerja

領公安 哥扎

MP3-65

中文 & 注音符號	印尼文 & 拼音
辦˪公˧室ㄕˋ	kantor 乾多
會˪議˧室ㄕˋ	ruang rapat 路骯 拉趴
會˪客˨室ㄕˋ	ruang tamu 路骯 搭母
茶˧水ㄕㄨˋ間ㄐㄧㄢ	ruang minum 路骯 咪農
休ㄒㄧㄡ息ㄒㄧˊ室ㄕˋ	ruang istirahat 路骯 衣斯低拉哈
影ㄧㄥˇ印ㄧㄣˋ室ㄕˋ	ruang foto kopi 路骯 否多 鍋必
影ㄧㄥˇ印ㄧㄣˋ機ㄐㄧ	mesin foto kopi 摸新 否多 鍋必

PART 9

中文 & 注音符號	印尼文 & 拼音
傳ㄔㄨㄢˊ真ㄓㄣ機ㄐㄧ	fax 發克斯
碎ㄙㄨㄟˋ紙ㄓˇ機ㄐㄧ	mesin penghancur kertas 摸新 本安珠 哥搭司
上ㄕㄤˋ班ㄅㄢ	pergi kerja 撥哥衣 哥扎
下ㄒㄧㄚˋ班ㄅㄢ	pulang kerja 不浪 哥扎
準ㄓㄨㄣˇ時ㄕˊ	tepat waktu 得爸 哇度
遲ㄔˊ到ㄉㄠˋ	terlambat 得爛趴
開ㄎㄞ會ㄏㄨㄟˋ	rapat 拉爸
拜ㄅㄞˋ訪ㄈㄤˇ客ㄎㄜˋ戶ㄏㄨˋ	mengunjungi langganan 門溫珠衣 朗嘎難
打ㄉㄚˇ報ㄅㄠˋ表ㄅㄧㄠˇ	buat laporan 不阿 拉玻爛
算ㄙㄨㄢˋ帳ㄓㄤˋ	menghitung laba rugi 蒙衣動 拉爸 路哥衣

3

職業ㄓˊ ㄧㄝˋ

profesi

玻非西

中文 & 注音符號	印尼文 & 拼音
僧ㄙㄥ 侶ㄌㄩˇ	pastor 趴斯多
祭ㄐㄧˋ 司ㄙ	pemimpin upacara peringatan 撥民兵 屋趴扎拉 撥哩阿但
貴ㄍㄨㄟˋ 族ㄗㄨˊ	golongan ningrat 鍋龍安 寧拉
工ㄍㄨㄥ 人ㄖㄣˊ	buruh 不路
商ㄕㄤ 人ㄖㄣˊ	pengusaha 奔屋沙哈
農ㄋㄨㄥˊ 夫ㄈㄨ	petani 撥搭尼
耕ㄍㄥ 田ㄊㄧㄢˊ	bercocok padi 撥左坐 巴底

中文 & 注音符號	印尼文 & 拼音
打ㄉㄚˇ獵ㄌㄧㄝˋ	pemburu 本不路
漁ㄩˊ夫ㄈㄨ	pelaut 撥拉屋
公ㄍㄨㄥ司ㄙ職ㄓˊ員ㄩㄢˊ	karyawan 嘎亞萬
翻ㄈㄢ譯ㄧˋ	penerjemah 撥呢之媽
店ㄉㄧㄢˋ員ㄩㄢˊ	pegawai toko 撥嘎外 多鍋
司ㄙ機ㄐㄧ	supir 數必
律ㄌㄩˋ師ㄕ	pengacara 本阿扎拉
法ㄈㄚˇ官ㄍㄨㄢ	hakim 哈哥衣恩
檢ㄐㄧㄢˇ察ㄔㄚˊ官ㄍㄨㄢ	badan pemeriksa 趴但 撥摸力沙

中文 & 注音符號	印尼文 & 拼音
警ㄐㄧㄥ察ㄔㄚ	polisi 玻哩西
消ㄒㄧㄠ防ㄈㄤ隊ㄉㄨㄟ員ㄩㄢ	pemadam kebakaran 撥媽但 哥趴嘎爛
軍ㄐㄩㄣ人ㄖㄣ	militer 摸哩的
醫ㄧ生ㄕㄥ	dokter 多的
護ㄏㄨ士ㄕ	suster 書斯的
藥ㄧㄠ劑ㄐㄧ師ㄕ	apoteker 阿玻的哥
郵ㄧㄡ差ㄔㄚ	tukang pos 都乾 玻斯
導ㄉㄠ遊ㄧㄡ	pramuwisata 撥拉母屋衣沙搭
空ㄎㄨㄥ服ㄈㄨ員ㄩㄢ	pramugari 撥拉母嘎里

中文 & 注音符號	印尼文 & 拼音
記ㄐㄧˋ者ㄓㄜˇ	wartawan 哇搭萬
作ㄗㄨㄛˋ家ㄐㄧㄚ	pengarang 崩阿浪
畫ㄏㄨㄚˋ家ㄐㄧㄚ	pelukis 撥路哥衣斯
廚ㄔㄨˊ師ㄕ	koki 鍋哥衣
餐ㄘㄢ廳ㄊㄧㄥ服ㄈㄨˊ務ㄨˋ員ㄩㄢˊ	pelayan 撥拉燕
推ㄊㄨㄟ銷ㄒㄧㄠ員ㄩㄢˊ	sales 沙了斯
美ㄇㄟˇ容ㄖㄨㄥˊ師ㄕ	penata rambut 撥那搭 爛不
工ㄍㄨㄥ程ㄔㄥˊ師ㄕ	insinyur 引西紐
建ㄐㄧㄢˋ築ㄓㄨˊ師ㄕ	arsitek 阿西的

中文 & 注音符號	印尼文 & 拼音
會ㄎㄨㄟˋ計ㄐㄧˋ師ㄕ	akuntan 阿滾單
模ㄇㄛˊ特ㄊㄜˋ兒ㄦˊ	model 摸的
服ㄈㄨˊ裝ㄓㄨㄤ設ㄕㄜˋ計ㄐㄧˋ師ㄕ	perancang baju 撥爛帳 趴住
理ㄌㄧˇ髮ㄈㄚˇ師ㄕ	tukang pemangkas 都剛 撥忙嘎詩
公ㄍㄨㄥ務ㄨˋ員ㄩㄢˊ	pegawai negeri 撥嘎外 呢哥哩
救ㄐㄧㄡˋ生ㄕㄥ員ㄩㄢˊ	petugas penyelamat 撥都嘎司 奔呢拉媽
家ㄐㄧㄚ庭ㄊㄧㄥˊ主ㄓㄨˇ婦ㄈㄨˋ	ibu rumah tangga 衣不 路媽 當嘎

PART 11

商ㄕㄤ貿ㄇㄠˋ篇ㄆㄧㄢ

bisnis

比斯尼斯

1 商業機構

organisasi perusahaan

喔嘎尼沙西 撥路沙哈安

MP3-67

中文 & 注音符號	印尼文 & 拼音
工廠	pabrik 巴比
辦公大樓	bangunan perkantoran 幫故南 撥敢多爛
百貨公司	mall 莫兒
超級市場	supermarket 書撥媽個
市場	pasar 巴沙
大型購物中心	perkulakan 撥故拉敢
出版社	penerbit 撥呢比

中文＆注音符號	印尼文＆拼音
雜ㄗㄚˊ誌ㄓˋ部ㄅㄨˋ	bagian majalah 巴哥衣安 媽扎拉
編ㄅㄧㄢ輯ㄐㄧˊ部ㄅㄨˋ	bagian redaktur 巴哥衣安 樂它度
業ㄧㄝˋ務ㄨˋ部ㄅㄨˋ	bagian sales 巴哥衣安 沙勒斯
企ㄑㄧˋ劃ㄏㄨㄚˋ部ㄅㄨˋ	bagian perencanaan 巴哥衣安 撥冷扎那安
會ㄎㄨㄞˋ計ㄐㄧˋ部ㄅㄨˋ	bagian akutansi 巴哥衣安 阿棍但西
行ㄒㄧㄥˊ銷ㄒㄧㄠ部ㄅㄨˋ	bagian penjualan 巴哥衣安 本朱阿爛
公ㄍㄨㄥ關ㄍㄨㄢ部ㄅㄨˋ	bagian humas 巴哥衣安 呼媽斯
商ㄕㄤ店ㄉㄧㄢˋ	toko 多鍋
攤ㄊㄢ販ㄈㄢˋ	kaki lima 嘎哥衣 里媽

2 預約會面

janji bertemu

站機 波 得母

MP3-68

中文 & 注音符號	印尼文 & 拼音
拜訪	bertamu 撥搭母
名片	kartu nama 嘎度 那媽
開會	rapat 拉巴
業務	sales 沙勒斯
合作	kerjasama 個扎沙媽
簽約	tanda tangan kontrak 但答 當安 鍋恩搭
市場調查	penelitian pasar 撥呢里地安 巴沙

中文 & 注音符號	印尼文 & 拼音
提案 ㄊㄧ ㄢ	mengusulkan 盟午書敢
發表會 ㄈㄚ ㄅㄧㄠ ㄏㄨㄟ	presentasi 撥身搭西
做簡報 ㄗㄨㄛ ㄐㄧㄢ ㄅㄠ	membuat laporan 門不阿 拉播爛
客人 ㄎㄜ ㄖㄣ	tamu 搭母
外國人 ㄨㄞ ㄍㄨㄛ ㄖㄣ	orang asing 喔浪 阿興
有空 ㄧㄡ ㄎㄨㄥ	ada waktu 阿答 哇度
沒空 ㄇㄟ ㄎㄨㄥ	tidak ada waktu 地答 阿答 哇度
聊天 ㄌㄧㄠ ㄊㄧㄢ	ngobrol 喔播

3 洽ㄑㄧㄚ談ㄊㄢ生ㄕㄥ意ㄧˋ

撥兵扎安 比斯尼斯

MP3-69

中文 & 注音符號	印尼文 & 拼音
訂ㄉㄧㄥˋ購ㄍㄡˋ	pesan 撥山
產ㄔㄢˇ品ㄆㄧㄣˇ	produk 播度
貴ㄍㄨㄟˋ公ㄍㄨㄥ司ㄙ	perusahaan anda 撥路沙哈安 安它
價ㄐㄧㄚˋ錢ㄑㄧㄢˊ	harga 哈嘎
介ㄐㄧㄝˋ紹ㄕㄠˋ	memperkenalkan 門撥個那敢
下ㄒㄧㄚˋ訂ㄉㄧㄥˋ購ㄍㄡˋ單ㄉㄢ	order 喔得
太ㄊㄞˋ貴ㄍㄨㄟˋ	terlalu mahal 得拉路 媽哈
成ㄔㄥˊ本ㄅㄣˇ	modal 模搭

中文 & 注音符號	印尼文 & 拼音
利ㄌㄧˋ潤ㄖㄨㄣˋ	untung 午恩東
銷ㄒㄧㄠ路ㄌㄨˋ	jalur pemasaran 扎路 撥媽沙爛
底ㄉㄧˇ價ㄐㄧㄚˋ	harga dasar 哈嘎 搭沙
提ㄊㄧˊ前ㄑㄧㄢˊ交ㄐㄧㄠ貨ㄏㄨㄛˋ	mempercepat waktu penyerahan barang 們撥之巴 哇度 撥呢拉含 巴浪
準ㄓㄨㄣˇ時ㄕˊ交ㄐㄧㄠ貨ㄏㄨㄛˋ	tepat waktu menyerahkan barang 得巴 哇度 摸呢拉含 巴浪
交ㄐㄧㄠ貨ㄏㄨㄛˋ日ㄖˋ期ㄑㄧˊ	tanggal penyerahan barang 當嘎 撥呢拉含 巴浪
出ㄔㄨ貨ㄏㄨㄛˋ日ㄖˋ期ㄑㄧˊ	tanggal keluar barang 當嘎 個路阿 巴浪
市ㄕˋ場ㄔㄤˇ價ㄐㄧㄚˋ格ㄍㄜˊ	harga pasar 哈嘎 巴沙
折ㄓㄜˊ扣ㄎㄡˋ	diskon 地斯鍋恩

社交應酬

bersosialisasi

波 收西阿哩殺細

MP3-70

中文 & 注音符號	印尼文 & 拼音
職業	profesi 播喝西
薪水	gaji 嘎機
打工	kerja 個扎
合股	mitra usaha 米得拉 午沙哈
老闆	bos 播斯
員工	karyawan 嘎亞萬
順利	lancar 爛扎

中文 & 注音符號	印尼文 & 拼音
過《ㄨ得ㄉㄜ去ㄑㄩ	lumayan 嚕媽燕
不ㄅㄨ好ㄏㄠ	tidak baik 底搭 巴意
熬ㄠ夜ㄧㄝ	bergadang 撥嘎當
改ㄍㄞ行ㄏㄤ	ganti profesi 敢帝 播非西
找ㄓㄠ工ㄍㄨㄥ作ㄗㄨㄛ	mencari pekerjaan 門扎里 撥個扎安
內ㄋㄟ行ㄏㄤ	bagian dalam 巴哥衣安 搭爛
虧ㄎㄨㄟ本ㄅㄣ	rugi 路哥衣
關ㄍㄨㄢ照ㄓㄠ	perhatian 撥哈底安

5

打電話
telepon
得勒播恩

MP3-71

中文 & 注音符號	印尼文 & 拼音
我是～	saya sendiri 沙亞 身底里
找哪位	cari siapa 扎里 西阿巴
等一下	tunggu sebentar 東故 使本搭
外出	keluar 個路阿
出差	keluar dinas 個路阿 底那斯
回來	kembali 跟巴里
請假	cuti 朱帝

中文 & 注音符號	印尼文 & 拼音
有空（ㄧㄡˇ ㄎㄨㄥ）	ada waktu 阿搭 哇度
沒有空（ㄇㄟˊ ㄧㄡˇ ㄎㄨㄥ）	tidak ada waktu 底搭 阿搭 哇度
開會中（ㄎㄞ ㄏㄨㄟˋ ㄓㄨㄥ）	sedang rapat 使當 拉巴
吃飯中（ㄔ ㄈㄢˋ ㄓㄨㄥ）	sedang makan 使當 媽敢
總機（ㄗㄨㄥˇ ㄐㄧ）	operator 喔撥拉多
分機（ㄈㄣ ㄐㄧ）	ekstension 喔斯等西喔恩
辦公室（ㄅㄢˋ ㄍㄨㄥ ㄕˋ）	kantor 敢多
沒人接（ㄇㄟˋ ㄖㄣˊ ㄐㄧㄝ）	tidak ada yang angkat 地搭 阿搭 樣 骯嘎

PART 12

日ㄖˋ常ㄔㄤˊ生ㄕㄥ活ㄏㄨㄛˊ篇ㄆㄧㄢ

kehidupan
sehari-hari

個嘻都半 使哈里-哈里

1

在理髮店
salon
沙論

MP3-72

中文 & 注音符號	印尼文 & 拼音
髮型	model rambut 模得 爛不
照以前一樣	sama dengan model dulu 沙媽 等安 模得 都路
稍微剪短一些	potong pendek sedikit 播東 本得 使底哥衣
短髮	rambut pendek 爛不 本得
長髮	rambut panjang 爛不 半掌
黑髮	rambut hitam 爛不 嘻但
金髮	rambut pirang 爛不 比浪

中文＆注音符號	印尼文＆拼音
染髮ㄖㄢˇㄈㄚˇ	mewarnai rambut 摸哇那衣 爛不
燙髮ㄊㄤˋㄈㄚˇ	keriting rambut 個里定 爛不
離子燙ㄌㄧˊㄗˇㄊㄤˋ	rebonding 里播恩定
陶瓷燙ㄊㄠˊㄘˊㄊㄤˋ	ceramic perm 個拉米 崩斯
大卷ㄉㄚˋㄐㄩㄢˇ	keriting gelombang besar 個里定 個羅恩幫 撥沙
小卷ㄒㄧㄠˇㄐㄩㄢˇ	keriting gelombang kecil 個里定 個羅恩幫 個機
髮質ㄈㄚˇㄓˊ	jenis rambut 之尼斯 爛不
護髮ㄏㄨˋㄈㄚˇ	cream bath 個令 巴
時髦ㄕˊㄇㄠˊ	mode terkini 模得 得哥衣尼

中文 & 注音符號	印尼文 & 拼音
流_{ㄌㄡ}行_{ㄒㄧㄥ}	trend 鄧
復_{ㄈㄨ}古_{ㄍㄨ}	kembali ke model lama 跟巴里 個 模得 拉媽
中_{ㄓㄨㄥ}分_{ㄈㄣ}	belah tengah 撥拉 等阿
側_{ㄘㄜ}分_{ㄈㄣ}	belah samping 撥拉 山兵
瀏_{ㄌㄡ}海_{ㄏㄞ}	poni 播匿
齊_{ㄑㄧ}眉_{ㄇㄟ}	diatas alis 地阿搭斯 阿里斯
弄_{ㄋㄨㄥ}齊_{ㄑㄧ}	merapikan 摸拉比敢
打_{ㄉㄚ}薄_{ㄅㄛ}	gunting agak tipis 棍定 阿嘎 底比斯
刮_{ㄍㄨㄚ}鬍_{ㄏㄨ}子_ㄗ	cukur kumis 朱故 故米斯

中文 & 注音符號	印尼文 & 拼音
修（ㄒㄧㄡ）指（ㄓˇ）甲（ㄐㄧㄚˇ）	merapikan kuku 摸拉比敢 故故
厚（ㄏㄡˋ）	tebal 得巴
薄（ㄅㄛˊ）	tipis 底比斯
輕（ㄑㄧㄥ）	ringan 令安
重（ㄓㄨㄥˋ）	berat 撥辣
光 澤（ㄍㄨㄤ ㄗㄜˊ）	botak 播大

胖
Gendut
跟度

瘦
Kurus
姑嚕斯

中文 & 注音符號	印尼文 & 拼音
皮膚保養	**perawatan kulit** 撥拉哇但 故里
做臉	**merawat muka** 摸拉哇 母嘎
膚質	**jenis kulit** 之尼斯 故力
乾性	**kulit kering** 故力 個另
中性	**kulit sedang** 故力 使當
油性	**kulit berminyak** 故力 撥迷娘
混合性	**kulit jenis campuran** 故力 之匿斯 沾不爛
面膜	**masker muka** 媽斯個 母嘎

中文 & 注音符號	印尼文 & 拼音
清潔	membersihkan 們撥西敢
修眉	merapikan alis 摸拉必幹 阿里斯
按摩	memijat 摸米扎
去斑	menghilangkan flek 盟嘻嘟幹 喝樂
去皺紋	menghilangkan keriput 盟嘻浪敢 個里不
有彈性	flek si bel 喝勒 西 撥
深層呵護	perlindungan maksimal 撥令動安 罵西媽
容光煥發	bersinar-sinar 撥西那 - 西那
變漂亮了	menjadi cantik 門扎底 沾帝

3

郵局
ㄧㄡˊㄐㄩˊ

kantor pos

敢多 播斯

MP3-74

中文 & 注音符號	印尼文 & 拼音
信封 ㄒㄧㄣˋㄈㄥ	surat 書拉
信紙 ㄒㄧㄣˋㄓˇ	kertas surat 個搭斯 書拉
郵票 ㄧㄡˊㄆㄧㄠˋ	perangko 撥浪鍋
明信片 ㄇㄧㄥˊㄒㄧㄣˋㄆㄧㄢˋ	kartu pos 嘎度 播斯
卡片 ㄎㄚˇㄆㄧㄢˋ	kartu 嘎度
普通郵件 ㄆㄨˇㄊㄨㄥㄧㄡˊㄐㄧㄢˋ	surat biasa 數拉 比阿沙
航空郵件 ㄏㄤˊㄎㄨㄥㄧㄡˊㄐㄧㄢˋ	surat udara 書阿 午答拉
掛號信 ㄍㄨㄚˋㄏㄠˋㄒㄧㄣˋ	surat tercatat 書拉 得扎搭

中文 & 注音符號	印尼文 & 拼音
包裹 ㄅㄠ ㄍㄨㄛˇ	paket 巴個
印刷品 ㄧㄣˋ ㄕㄨㄚ ㄆㄧㄣˇ	barang cetakan 巴浪 之搭感
郵戳 ㄧㄡˊ ㄔㄨㄛ	stempel pos 使鄧撥 播斯
蓋圖章 ㄍㄞˋ ㄊㄨˊ ㄓㄤ	stempel gambar 使鄧撥 感巴
郵遞區號 ㄧㄡˊ ㄉㄧˋ ㄑㄩ ㄏㄠˋ	kode pos 鍋得 播斯
簽名 ㄑㄧㄢ ㄇㄧㄥˊ	tanda tangan 但答 當安
地址 ㄉㄧˋ ㄓˇ	alamat 阿拉媽
回郵信封 ㄏㄨㄟˊ ㄧㄡˊ ㄒㄧㄣˋ ㄈㄥ	perangko balasan 撥浪鍋 巴拉山
郵資 ㄧㄡˊ ㄗ	biaya kirim 比阿亞 哥衣林
稱重 ㄔㄥ ㄓㄨㄥˋ	menimbang 摸寧幫

中文＆注音符號	印尼文＆拼音
收(ㄕㄡ)信(ㄒㄧㄣ)人(ㄖㄣ)	penerima surat 撥呢里媽 書拉
寄(ㄐㄧ)信(ㄒㄧㄣ)人(ㄖㄣ)	pengirim surat 崩衣林 書拉
傳(ㄔㄨㄢ)真(ㄓㄣ)	fax 發
郵(ㄧㄡ)政(ㄓㄥ)匯(ㄏㄨㄟ)款(ㄎㄨㄢ)	transfer uang melalui kantor pos 但斯喝 午骯 摸拉路衣 敢多 播斯
電(ㄉㄧㄢ)報(ㄅㄠ)	telegram 得勒敢

4 去銀行

ke bank

個邦

MP3-75

中文 & 注音符號	印尼文 & 拼音
帳戶	rekening 勒個寧
存摺	buku tabungan 不故 搭不安
存錢	menabung 摸那不恩
活期存款	tabanas 搭巴那斯
定期存款	deposito 得播西多
利息	bunga 不阿
領錢	ambil uang 安批 午骯
換錢	tukar uang 都嘎 午骯

中文 & 注音符號	印尼文 & 拼音
外幣兌換率	kurs tukar uang asing 故斯 都嘎 午骯 阿興
支票	cek 之
現金	uang tunai 午骯 都耐
硬幣	uang logam 午骯 羅敢
紙鈔	uang kertas 午骯 個搭斯
零錢	uang receh 午骯 勒之
印尼盾	rupiah 路比亞
美金	dolar Amerika 多拉 阿摸里嘎
日圓	Yen 嚴
歐元	dolar Australia 多拉 阿午斯搭里亞

中文＆注音符號	印尼文＆拼音
台ㄊㄞ幣ㄅㄧ	Taiwan Dolar 代灣 多拉
人ㄖㄣ民ㄇㄧㄣ幣ㄅㄧ	mata uang cina 媽搭 午骯 機那
活ㄏㄨㄛ期ㄑㄧ存ㄘㄨㄣ款ㄎㄨㄢ	tabanas 搭巴那斯
定ㄉㄧㄥ期ㄑㄧ存ㄘㄨㄣ款ㄎㄨㄢ	deposito 得播西多
利ㄌㄧ息ㄒㄧ	bunga 不阿
利ㄌㄧ率ㄌㄩ	suku bunga 書故 不阿

中文 & 注音符號	印尼文 & 拼音
租金	uang sewa 午骯 使哇
仲介	perantara 撥爛搭拉
房屋仲介商	pro per ti agent 播 撥 地 阿更
手續費	biaya administrasi 比阿亞 阿米尼斯搭西
房東	tuan rumah 都安 路媽
房客	tamu 搭母
出租	disewakan 底使哇敢
合租	kongsi sewa 恭西 使哇

中文 & 注音符號	印尼文 & 拼音
押金 ㄧㄚ ㄐㄧㄣ	uang jaminan 午骯 渣咪難
水電費 ㄕㄨㄟ ㄉㄧㄢ ㄈㄟ	biaya air dan listrik 比阿亞 阿衣 但 里斯帝
清潔費 ㄑㄧㄥ ㄐㄧㄝ ㄈㄟ	uang kebersihan 午骯 哥 波 西暗
停車位 ㄊㄧㄥ ㄔㄜ ㄨㄟ	tempat parkir 等巴 巴 哥衣
套房 ㄊㄠ ㄈㄤ	kamar dengan kamar mandi 嘎媽 等安 嘎媽 慢帝
雅房 ㄧㄚ ㄈㄤ	kamar tanpa kamar mandi 嘎媽 但巴 嘎媽 慢帝
公寓 ㄍㄨㄥ ㄩ	apartemen 阿趴得悶
齊全 ㄑㄧ ㄑㄩㄢ	komplit 句逼
舒適 ㄕㄨ ㄕ	nyaman 娘慢
做飯 ㄗㄨㄛ ㄈㄢ	masak nasi 媽沙 那西

6

修理_{ㄒㄧㄡ ㄌㄧˇ}

memperbaiki
門撥巴衣哥衣

MP3-77

中文 & 注音符號	印尼文 & 拼音
壞掉_{ㄏㄨㄞˋ ㄉㄧㄠˋ}	rusak 嚕殺
遺失_{ㄧˊ ㄕ}	hilang 嘻浪
修理一下_{ㄒㄧㄡ ㄌㄧˇ ㄧ ㄒㄧㄚˋ}	memperbaiki sebentar 門撥巴衣哥衣 失噴搭
要幾天_{ㄧㄠˋ ㄐㄧˇ ㄊㄧㄢ}	memerlukan beberapa hari 摸摸路敢 撥撥拉巴 哈里
更換_{ㄍㄥˋ ㄏㄨㄢˋ}	menukar 摸怒嘎

274

中文 & 注音符號	印尼文 & 拼音
零件	suku cadang 書故 扎當
急著用	keperluan (mendesak) 哥撥嚕安（悶特殺）
保固期	waktu garansi 哇度 嘎爛西
取貨日期	hari pengambilan barang 哈里 崩安比爛 巴浪
費用	biaya 比阿亞

PART 13

人際互動篇

hubungan kekerabatan

呼不安 個個拉巴但

1

家族ㄐㄧㄚㄗㄨˊ

keluarga
個路阿嘎

MP3-78

中文 & 注音符號	印尼文 & 拼音
爺ㄧㄝˊ爺ㄧㄝ	kakek 嘎個
奶ㄋㄞˇ奶ㄋㄞ	nenek 呢呢
外ㄨㄞˋ公ㄍㄨㄥ	kakek luar 嘎個 路阿
外ㄨㄞˋ婆ㄆㄛˊ	nenek luar 呢呢 路阿
爸ㄅㄚˋ爸ㄅㄚ	bapak 巴爸
媽ㄇㄚ媽ㄇㄚ	ibu 衣不
伯ㄅㄛˊ父ㄈㄨˋ	paman 巴慢
伯ㄅㄛˊ母ㄇㄨˇ	bibi 比比

中文 & 注音符號	印尼文 & 拼音
叔ㄕㄨˊ叔ㄕㄨˊ	paman 巴滿
嬸ㄕㄣˇ嬸ㄕㄣˇ	tante 但得
姑ㄍㄨ母ㄇㄨˇ	bibi 比比
姑ㄍㄨ丈ㄓㄤˋ	paman 巴慢
姐ㄐㄧㄝˇ姐ㄐㄧㄝˇ	kakak 嘎嘎
妹ㄇㄟˋ妹ㄇㄟˋ	adik perempuan 阿地 撥冷不安
哥ㄍㄜ哥ㄍㄜ	abang 阿幫
弟ㄉㄧˋ弟ㄉㄧˋ	adik laki-laki 阿地 拉哥衣 - 拉哥衣
堂ㄊㄤˊ哥ㄍㄜ	abang sepupu 阿幫 使不部
堂ㄊㄤˊ妹ㄇㄟˋ	adik sepupu 阿地 使不部

中文 & 注音符號	印尼文 & 拼音
表妹	adik sepupu 阿地 使不部
兒子	anak laki-laki 阿那 拉哥衣 - 拉哥衣
女兒	anak perempuan 阿那 撥冷不安
孫子	cucu laki-laki 朱朱 拉哥衣 - 拉哥衣
孫女	cucu perempuan 朱朱 撥冷不安
親戚	saudara 少搭拉
家庭	keluarga 個路阿嘎
夫妻	suami istri 書阿米 衣斯地
小孩	anak 阿那
長男	anak laki-laki tertua 阿那 拉哥衣 - 拉哥衣 得都阿

中文 & 注音符號	印尼文 & 拼音
長女 ㄔㄤˊ ㄋㄩˇ	anak perempuan tertua 阿那 撥冷不安 得都阿
次男 ㄘˋ ㄋㄢˊ	anak laki-laki kedua 阿那 拉哥衣 - 拉哥衣 個都阿
次女 ㄘˋ ㄋㄩˇ	anak perempuan kedua 阿那 撥冷不安 個都阿
老大 ㄌㄠˇ ㄉㄚˋ	kakak tertua 嘎嘎 得都阿
老么 ㄌㄠˇ ㄧㄠ	sulung (anak terakhir) 書術（阿那 得阿嘻）
獨生子 ㄉㄨˊ ㄕㄥ ㄗˇ	anak laki-laki tunggal 阿那 拉哥衣 - 拉哥衣 東嘎
獨生女 ㄉㄨˊ ㄕㄥ ㄋㄩˇ	anak perempuan tunggal 阿那 撥冷不安 東嘎

2

情緒
emosi
喔模西

MP3-79

中文 & 注音符號	印尼文 & 拼音
喜歡	suka 書嘎
高興	senang 使南
幸福	bahagia 巴哈哥衣阿
期待	menanti 摸南地
興奮	gembira 跟比拉
想念	rindu 令度
想家	merindukan rumah 摸令都敢 路媽

中文 & 注音符號	印尼文 & 拼音
生氣	marah 媽拉
討厭	sebal 使撥
恨	benci 本機
嫉妒	cemburu 真不路
羨慕	iri 衣里
緊張	kuatir 故阿帝
傷心	sedih 失替
憂鬱	bingung 兵翁
煩惱	bermasalah (pusing) 撥媽沙拉（逋行）

中文 & 注音符號	印尼文 & 拼音
壓ㄚ力ㄌㄧ	stres (tekanan) 使得勒斯（得乾難）
疼ㄊㄥ愛ㄞ	sayang 沙樣
倒ㄉㄠ霉ㄇㄟ	sial 西阿
後ㄏㄡ悔ㄏㄨㄟ	menyesal 摸呢沙
不ㄅㄨ甘ㄍㄢ心ㄒㄧㄣ	tidak rela 底搭 勒拉
害ㄏㄞ羞ㄒㄧㄡ	malu 媽路
難ㄋㄢ看ㄎㄢ	jelek 之勒
驚ㄐㄧㄥ訝ㄚ	kaget 嘎個
疲ㄆㄧ倦ㄐㄩㄢ	capek / letih 渣撥 / 樂地

中文 & 注音符號	印尼文 & 拼音
害怕 ㄏㄞˋ ㄆㄚˋ	takut 搭故
歡笑 ㄏㄨㄢ ㄒㄧㄠˋ	tertawa (bahagia) 的搭哇（趴哈哥衣阿）
哭 ㄎㄨ	nangis 南衣斯
膽小 ㄉㄢˇ ㄒㄧㄠˇ	pengecut 撥恩珠
丢臉 ㄉㄧㄡ ㄌㄧㄢˇ	memalukan 摸媽路敢
噁心 ㄜˇ ㄒㄧㄣ	jijik 幾機
肚子餓 ㄉㄨˋ ㄗ ㄜˋ	lapar 拉巴
吃飽 ㄔ ㄅㄠˇ	kenyang 個娘
口渴 ㄎㄡˇ ㄎㄜˇ	haus 哈午斯

MP3-80

中文 & 注音符號	印尼文 & 拼音
高_{ㄍㄠ}	tinggi 定哥衣
矮_ㄞ	pendek 本得
胖_{ㄆㄤ}	gemuk 個目
瘦_{ㄕㄡ}	kurus 故路斯
可_{ㄎㄜ}愛_ㄞ	lucu 路朱
美_{ㄇㄟ}麗_{ㄌㄧ} （漂_{ㄆㄧㄠ}亮_{ㄌㄧㄤ}）	cantik 沾帝
英_{ㄧㄥ}俊_{ㄐㄩㄣ}（帥_{ㄕㄨㄞ}）	ganteng(tampan) 敢鄧（但辦）

中文＆注音符號	印尼文＆拼音
普ㄆㄨ通ㄊㄨㄥ	biasa 比阿沙
健ㄐㄧㄢ壯ㄓㄨㄤ	kekar 個嘎
體ㄊㄧ弱ㄖㄨㄛ	lemah 勒媽
身ㄕㄣ高ㄍㄠ	tinggi badan 定哥衣 巴但
體ㄊㄧ重ㄓㄨㄥ	berat badan 撥拉 巴但
三ㄙㄢ圍ㄨㄟ	ukuran tubuh 午故爛 都不
長ㄔㄤ頭ㄊㄡ髮ㄈㄚ	rambut panjang 爛不 半長
直ㄓ頭ㄊㄡ髮ㄈㄚ	rambut lurus 爛不 路路斯
捲ㄐㄩㄢ頭ㄊㄡ髮ㄈㄚ	rambut keriting 爛不 個里定

中文 & 注音符號	印尼文 & 拼音
光_{ㄍㄨㄤ}頭_{ㄊㄡˊ}	botak 播大
禿_{ㄊㄨ}頭_{ㄊㄡˊ}	gundul 棍度
黑_{ㄏㄟ}頭_{ㄊㄡˊ}髮_{ㄈㄚˇ}	rambut hitam 爛不 嘻但
白_{ㄅㄞˊ}頭_{ㄊㄡˊ}髮_{ㄈㄚˇ}	rambut putih 爛不 不地
分_{ㄈㄣ}叉_{ㄔㄚ}	bercabang 撥扎幫

288

4

身ㄕㄣ體ㄊㄧˇ部ㄅㄨˋ位ㄨㄟˋ

organ tubuh

喔敢 都不

中文 & 注音符號	印尼文 & 拼音
頭ㄊㄡˊ	kepala 個巴拉
臉ㄌㄧㄢˇ	muka 母嘎
額ㄜˊ頭ㄊㄡˊ	dahi 搭嘻
頭ㄊㄡˊ頂ㄉㄧㄥˇ	ubun-ubun 午不恩 - 午不恩
頭ㄊㄡˊ髮ㄈㄚˇ	rambut 爛不
眼ㄧㄢˇ睛ㄐㄧㄥ	mata 媽搭
鼻ㄅㄧˊ子ㄗˇ	hidung 嘻懂

中文 & 注音符號	印尼文 & 拼音
眼睫毛	bulu mata 不路 媽搭
瞳孔	pupil 逋必
嘴巴	mulut 母陸
嘴唇	bibir 比比
鬍子	kumis 故米斯
牙齒	gigi 哥衣哥衣
舌頭	lidah 里搭
下顎	dagu 搭故
耳朵	telinga 得令阿

中文 & 注音符號	印尼文 & 拼音
脖ㄅㄛ子ˊ	leher 勒河
肩ㄐㄧㄢ膀ㄅㄤ	bahu 趴護
手ㄕㄡˇ臂ㄅㄧˋ	lengan 冷安
手ㄕㄡˇ肘ㄓㄡˇ	sikut 西姑
手ㄕㄡˇ掌ㄓㄤˇ	telapak tangan 得拉巴 當安
手ㄕㄡˇ指ㄓˇ	jari tangan 扎里 當安
指ㄓˇ甲ㄐㄧㄚˇ	kuku 故故
胸ㄒㄩㄥ	dada 搭答
乳ㄖㄨˇ房ㄈㄤˊ	buah dada 不阿 搭答
腰ㄧㄠ	pinggang 並港

中文＆注音符號	印尼文＆拼音
腹ㄈㄨˋ部ㄅㄨˋ	bagian perut 巴<u>哥衣</u>安 撥盧
臀ㄊㄨㄣˊ部ㄅㄨˋ	bagian pantat 巴<u>哥衣</u>安 半搭
大ㄉㄚˋ腿ㄊㄨㄟˇ	paha 巴哈
肌ㄐㄧ肉ㄖㄡˋ	otot 喔多
膝ㄒㄧ蓋ㄍㄞˋ	lutut 嚕度
小ㄒㄧㄠˇ腿ㄊㄨㄟˇ	betis 撥地斯
腳ㄐㄧㄠˇ	kaki 嘎<u>哥衣</u>
腳ㄐㄧㄠˇ趾ㄓˇ	jari kaki 扎里 嘎<u>哥衣</u>
腳ㄐㄧㄠˇ踝ㄏㄨㄞˊ	pergelangan kaki 撥個拉安 嘎<u>哥衣</u>

中文 & 注音符號	印尼文 & 拼音
腳ㄐㄧㄠˇ跟ㄍㄣ	tumit kaki 都米 嘎哥衣
皮ㄆㄧˊ膚ㄈㄨ	kulit 故里
肺ㄈㄟˋ	paru-paru 巴路 - 巴路
心ㄒㄧㄣ臟ㄗㄤˋ	jantung 沾東

老虎
Harimau
哈哩冒

羊
Kambing
嘎並

猴子
Monyet
摸呢

雞
Ayam
阿燕

狗
Anjing
安靜

豬
Babi
八必

PART 12

公ㄍㄨㄥ民ㄇㄧㄣˊ入ㄖㄨˋ籍ㄐㄧˊ口ㄎㄡˇ試ㄕˋ參ㄘㄢ考ㄎㄠˇ題ㄊㄧˊ庫ㄎㄨˋ

Persiapan ujian untuk masuk

kenegaraan Taiwan

個人問題

Permasalahan pribadi

1 你叫什麼名字？
Nama kamu siapa ?

2 你的丈夫叫什麼名字？
Suami anda namanya siapa ?

3 你的丈夫從事什麼工作？
Suami anda kerja bagian apa ?

4 你住在什麼地方？
Anda tinggal dimana ?

5 你以前做過什麼工作？
Anda dulu kerja bagian apa ?

6 你想從事什麼工作？
Anda pingin kerja yang bagaimana ?

7 你有何特殊專長？
Anda ada keahlian apa ?

⑧ 你的出生年月日是哪一天？
Anda lahir pada tanggal, bulan dan tahun berapa ?

⑨ 你在哪裡出生？
Anda lahir dimana ?

⑩ 你結過幾次婚？
Anda pernah menikah berapa kali ?

⑪ 你什麼時候結婚的？
Kapan anda menikah ?

⑫ 你有幾個孩子？
Anda ada berapa anak ?

⑬ 你的孩子是男的還是女的？
Anak anda perempuan atau laki-laki ?

⑭ 你的孩子幾歲了？
Anak anda sudah umur berapa ?

⑮ 你的孩子上小學了嗎？
Apakah anak anda sudah sekolah dasar ?

⑯ 你有和公婆住嗎？
Apakah anda ada tinggal bersama orang tua suami anda ?

⓱ 你家裡還有些什麼人？
Anggota keluarga anda ada siapa saja ?

⓱ 在印尼你有兄弟姊妹嗎？
Apakah di Indonesia anda ada kakak atau adik ?

⓳ 請簡短介紹你的家庭情況和成長背景。
Coba memperkenalkan keadaan rumah anda
dan latar belakang kehidupan anda .

⓴ 你父母從事什麼職業？
Apa pekerjaan orang tua anda ?

㉑ 你在家裡排行第幾？
Anda urutan keberapa dirumah ?

㉒ 你習慣台灣的生活嗎？
Apakah anda terbiasa dengan kehidupan di
Taiwan ?

㉓ 你喜歡台灣嗎？
Apakah anda suka Taiwan ?

㉔ 你最喜歡的偶像是誰？
Favorite pengemar anda siapa ?

㉕ 你最崇拜的人是誰？
Orang yang paling anda kagumi siapa？

㉖ 你的宗教信仰為何？
Apa agama anda？

㉗ 你有什麼興趣？
Apa kegemaran anda？

㉘ 你平常看什麼電視節目？
Biasanya anda suka lihat acara TV apa？

㉙ 你最愛看什麼電視節目？
Acara TV yang mana yang paling anda suka？

㉚ 你最喜歡吃的食物？
Makanan apa yang paling anda suka？

㉛ 你有沒有犯罪紀錄？
Apakah anda ada tercatat kriminal？

㉜ 你有沒有坐過牢？
Apakah anda pernah masuk penjara？

政治、國情問題
Masalah politik dan pemerintah .

❶ 台灣總統是誰選出來的？
Presiden Taiwan dipilih oleh siapa ?

❷ 誰是台灣現任總統？
Siapa Presiden sekarang ini ?

❸ 誰是台灣現任副總統？
Siapa wakil Presiden sekarang ini ?

❹ 我國國父是誰？
Bapak negara kita adalah siapa ?

❺ 我國國花是什麼花？
Bunga negara kita adalah bunga apa ?

❻ 你會唱國歌嗎？
Apakah anda bisa nyanyikan lagu kebangsaan ?

❼ 國旗有幾種顏色？
Bendera negara kita ada berapa warna ?

❽ 台灣有幾縣？
Taiwan ada berapa kecamatan ?

⑨ 現在的在野黨是哪一黨？

Sekarang ini partai mana yang memimpin pemerintahan .

⑩ 總統的任期是幾年？

Masa jabatan Presiden berapa lama ?

⑪ 總統以幾任為限？

Masa jabatan Presiden boleh menjabat lama dan berapa kali secara berturut - turut ?

⑫ 總統府位在哪一市？

Istana Presiden dikota mana ?

⑬ 國慶日是哪一天？

Hari Kemerdekaan tanggal berapa ?

⑭ 你住的那一縣，縣長是誰？

Kamu tinggal dikecamatan mana , camatnya siapa ?

⑮ 你住的那一市，市長是誰？

Kamu tinggal di kota mana , walikotanya siapa ?

國家圖書館出版品預行編目資料

印尼人輕鬆學中文. 單字篇/施明威編著. -- 增訂1版. -- 新
北市：哈福企業有限公司, 2023.09

　面；　公分. -- (印尼語系列；11)
ISBN 978-626-97451-5-9(平裝)
1.CST: 漢語　2.CST: 讀本

802.86　　　　　　　　　　　　　112011680

免費下載QR Code音檔
行動學習，即刷即聽

印尼人輕鬆學中文—單字篇
（附QR Code 行動學習音檔)

作者／施明威
責任編輯／Vivi Mo
封面設計／李秀英
內文排版／林樂娟
出版者／哈福企業有限公司
地址／新北市淡水區民族路 110 巷 38 弄 7 號
電話／（02) 2808-4587
傳真／（02) 2808-6545
郵政劃撥／ 31598840
戶名／哈福企業有限公司
出版日期／ 2023 年 9 月
台幣定價／ 399 元 (附 QR Code 線上 MP3)
港幣定價／ 133 元 (附 QR Code 線上 MP3)
封面內文圖 / 取材自 Shutterstock

全球華文國際市場總代理／采舍國際有限公司
地址／新北市中和區中山路 2 段 366 巷 10 號 3 樓
電話／（02) 8245-8786
傳真／（02) 8245-8718
網址／ www.silkbook.com 新絲路華文網

香港澳門總經銷／和平圖書有限公司
地址／香港柴灣嘉業街 12 號百樂門大廈 17 樓
電話／（852) 2804-6687
傳真／（852) 2804-6409

email ／ welike8686@Gmail.com
facebook ／ Haa-net 哈福網路商城

電子書格式：PDF